ターミナル・ステーション

TERMINAL
STATION
TSUKAMOTO
Kohei

塚本耕平

文芸社

もくじ

2004年度　T土木事務所維持課配席図

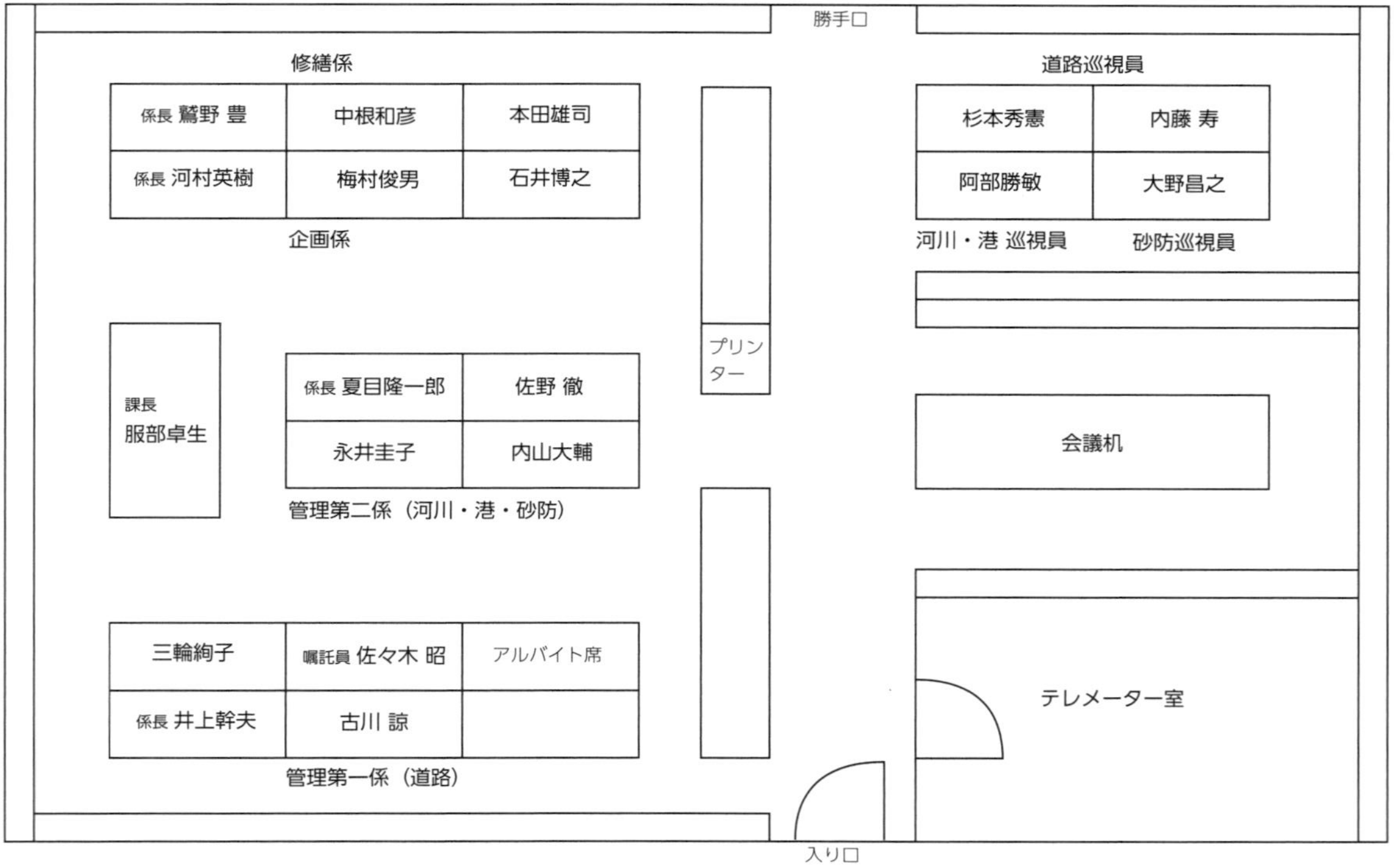

序章

一

二〇一九年、五月。

まばゆい朝の光を浴びて、公園まで片道一・五キロの散歩中、私は、気ままに動き回るプードルを引っ張っている若い女性や、悲壮な顔をしてジョギングしている高齢の男性――よくそのお歳で頑張るものだ――とすれ違った。

この街に来て二か月が経つ。今でも、ワクワク感が続いている。新築のクロスの匂いが一向に収まらない我が家、少し坂のある小奇麗な街並み、おしゃれなスーパー。毎朝、駅まで歩くことも楽しい。

そして何よりうれしいのは、この春、転校したての智也、小二の次男坊が「学校が楽しい」と言ってくれること。

妻が忙しく身支度をしている。洗面所とリビングを行ったり来たり。

「お昼はおかず温めて、翔太と一緒に食べてね」

「はいよ」

ソファーで新聞を広げる私、すぐ隣では、ゲーム機を持った智也がテレビ画面を睨《にら》みつけ、翔太はさっさと二階に上がってしまう、みんなお母さんの焦りなど、どこ吹く風と。私は騒音にもめげずに〝米対中関税二十五パーセント〟の活字を追った。

カーポートにはみ出さんばかりの白いＳＵＶ車。重い腰を上げて始めた洗車が、なかなか終わらない。汚れが落ちたら、へっこみ傷が日立ってしまった。しょうがない、中古なんだから。

玄関の扉がガチャリと開いて、翔太が浮かぬ顔をして出てきた。

「塾かい?」

「うん」

「気をつけてな」

大きな自転車の上で、リュックを背負った翔太の華奢《きやしや》な体が、左右に揺れている。

中学生になった翔太、せっかくバスケットボール部に入部したのに、どこか醒めているようで、やる気が見えないのが、気にかかる。曲がり角に彼の姿は消えた。

晩春の夕暮れは遅い。まだまだ時間はたっぷりとある。脚立に上ってワックスの拭き取りをしていると、向こうから歩道を歩いてくる妻の姿が目に入った。何やら提げて、少し足取りが重そうだ。

互いに手をあげて合図する。妻は朝の出で立ちで大きなレジ袋を提げている。

「智也は?」と脚立から私は声を上げた。

「今日は、お祖母《ばあ》さんちで泊まるんだって」

お調子者の智也、お祖母さんとお祖父《じい》さんに甘やかされて、いい気になっているのだろう。

しげしげと妻は車を眺める。彼女はどんな仕上がりであっても、何一つ注文を付けることがない。そしていつも言ってくれるのだ、きれいになったわね、と。

「きれいになるわね、お疲れさま、何時からやってるの?」

「二時かな」

「翔太は塾に行った？」

「行ったよ」

「あなたの好きなの買ってきたから。頑張って作るからね」

扉をガチャリと開けて、中に入っていった。

こんな日でも手料理を作ってくれるとは。彼女も新しいキッチンにまだワクワクしているに違いない。もうちょっと頑張れば美味《おい》しい食事が待っている。

リビングに入った時、エプロン姿の妻が、真剣な目付きで鍋に食材を入れていた。

「大変だったでしょう」

「ほんと、あの車、デカいわ。洗車すると、つくづく分かるわ」

リビングテーブルに置かれたバッグが目にとまる。近頃、いつも妻が持ち歩いている海老色のバッグ。ウインドブレーカーを脱ぎながら、

「智也、明日は？」

「またお祖父さんが送ってくれるんじゃないかしら」

腰を包み込むソファーが気持ちいい。吸い込まれていくよう。これだけは自慢の家具なのだ。

「今日はどこで食べたの？」

「早瀬。ちょっと心配だったけど、智也もお行儀よくてよかった。それと母がね、今度はあなたや翔太も一緒にって」

「そうだね」

智也が生まれるまでは、ちょくちょく一緒に食事をしたものだった。今、義母《はは》は智也がかわい

くて仕方がない。私は誘われても留守番をすることに決めている。義母の前では、どうも気後《きおく》れしてしまうから。

「明日って何か予定ある？」と後ろから期待に溢《あふ》れた眼差しが届く。

「特にないよ」

「それじゃ、買物行こうよ。収納ボックス、全然足りないから。それにね、翔太が服を買いたいんだって」

弾んだ声。けれど、いくらボックスを揃えても仕分けしないことには始まらない。今も荷物の整理が終わっていないのだ。二階の物置部屋には、慌てて詰め込んだ段ボールがいくつも残っている。それさえなければなんと楽なことだろう。

「それと今日、県の美術館、行ってきた」

「何かいいのやってた？」

「やってたわよー、ちょっと待ってね」

妻はこちらにやって来て、海老色のバッグからパンフレットを取り出した。

『ロマン主義から印象派へ』

「智也がすぐ飽きちゃって、しっかり見てられなかった」

「そりゃ無理だ、遊園地じゃないんだから。どれくらい観れたの」

「せいぜい三十分」

「それじゃ、絵を観たというより絵が飾ってある部屋に入ったというぐらいじゃん。混んでた？」

「いっぱい。ホント、絵を観てる人を見てきたって感じね」

「そりゃあ、いいもん見てきたわ」

「でもね、ポストカード、買ってきたよ」

妻はうれしそうにポストカードを取り出して、私に渡す。

四枚のポストカード。

そして「この中で記憶があるのはね……」と言って、

「馬の絵と、これぐらいかな」とカードを指さした。裏には、

『ジェリコー《雷におびえる馬》』と『フィリップ・ルーサーバーグ《アルプスの雪崩》』

「雪崩の絵なんて、とても怖かったわ」

残りの二枚、『ターナー《雨・蒸気・スピード：グレート・ウェスタン鉄道》』、『ルノワール《雨傘》』

妻はキッチンに戻りながら、

「智也がいない時、もう一度行きたいわ」と不満をこぼす。「いつでも観れるもんじゃないし」

「明日行こか」

「ウソばっかり。それに明日は買い物でしょ」

料理を作り続ける妻。私は何に惑うことがあろうか。

ポストカード……四人の画家、「ターナー」。

夕食の後、私は二階のベランダに立った。街灯の白い灯りが点々としている。夜風が心地よい。

道向こうの住宅の小窓がうっすらと光っていた。

「ターナーって、幻のような絵なの」

　私は夢のなかを彷徨《さまよ》いながら目を開けた。汗で髪がぐっしょりしている。何の夢だったのか、すぐに忘れた。ただ、一つだけ覚えている、なぜか私は独身だった。時計はまだ二時だった。

二

　買い込んだ収納ボックスが、リビングの一角を塞いで一週間になった。妻が開口一番、「お父さん、今日こそは頑張ろう」

　言われるまでもなく荷物を整理しなくては。ところが翔太は何食わぬ顔をして遊びに出かけてしまう。私と妻が物置部屋に入ったのは、昼食を終えてから。智也はソファーに体を沈めてゲームに熱中、ただただ騒音を撒き散らす。

　いつしか、リビングの床に、段ボール箱「サトミ引越社」や、ごみ袋が点々としていた。あたかも周囲が寝静まる昨晩に、こっそりと引っ越してきたかのような佇《たたず》まいである。

　二人は仕分けから逃げることはできないのだ。使う物、捨てる物、再び物置部屋に持っていく物。とにかくやり続けなくてはならない。

「この絵、知ってる?」と妻が聞く。

「智也の絵だよね。この端っこが翔太だ。いつの絵なんだ?」

「これ、幼稚園の年少の頃じゃない?　これ覚えてるわ。翔太も笑ってるなんていい絵ね」

智也が近づいてきた。妻は智也を抱き寄せて、

「智也、この絵、描いた覚えあるよね」

智也は「あるよ」と大きな声で言ったきり、ソファーに飛び乗って、ゲーム機を手に取った。

こいつはまるで猿だ。

「こんなとこにこんな写真があった」と私は妻にポケットアルバムを渡した。妻は目の前に両手でアルバムを掲げて、「なんて翔太、かわいいの」と声をあげた。

ちっともはかどらない。

箱の底から将棋の駒が出てきた。カラカラ。昔、翔太とよくやったものだ。逢見荘のダイニングテーブル。悲壮な顔して、「父さん、もう一回、ね、お願い」

隣の箱を開けた。おもちゃだ。ヨーヨー、水鉄砲、ベイブレード……、翔太が小さい頃の。手が止まった。おもちゃは、プラスチックの飼育ケース――翔太が小学校に入学する頃まで赤い金魚、ジャンヌとフィスが泳いでいた――に入っていた。

「残りは、またにしない？」

「そうね、もうクタクタ」

二人は長続きしない。

物置部屋に段ボールを運ぶ。私は少し前から、部屋の隅に、「サトミ引越社」の段ボールに取り囲まれるように、少し大きめの段ボールがあることに気付いていた。逢見荘に引っ越してからもずっと開けなかった段ボール。アパート時代の、一人暮らしの時の。

妻が紅茶を淹《い》れていると、玄関からガチャリと音がして、「ただいま」と翔太が入ってきた。

翔太はソファーに座るや否や、ためらいもなく今度は彼がゲーマーになった。

「翔太、あなたのものは自分で整理しなさいよ、勝手に捨てると怒るんだから」と妻は口を尖《とが》らせる。

「はーい」

我が家では誰のものであろうと、それを捨てるに至るまでに途方もないエネルギーを要するのである。捨ててしまえば、それを悔やんだことは一度もないくせに。

明るい窓の外、配達員の乗ったスクーターが玄関先に止まった。もう夕刊なのか。

妻は車の鍵を手に取って、

「じゃあ、ちょっと行ってくるね」

智也が、喜々としてついて行く。ゲームができないとき、その気晴らしには買い物があると決めているかのように。

騒々しいゲームの音を聞きながら、私はダイニングテーブルに散らばるアルバムに見入った。

翔太と義父が手をつないで立っている。妻の実家の玄関で翔太の顔は泣き出しそう。初めて歩いた頃だ。私が可笑しくて撮ったもの。逢見荘、翔太の誕生日。ケーキを前にして、母も妻も私もみんなが微笑んでいる。四歳の時か。

翔太と紗季が一緒だなんて珍しい。ここはめいほうスキー場、二人はそりに乗って、とっても楽しそう。緑と黄、翔太のウェアはこれだった。この日、紗季は弟のように翔太の面倒を見てくれた。ピンクのニット帽を被ったあどけない女の子は、やがてピアノのコンクールで入賞し、中学校ではやり手と評判の生徒会長になる。

リビングの電話が鳴り出した、ゲーム音と競うかのように。翔太は音量を下げて、私は受話器をとった。

……声が詰まってしまった。周りを見渡した。翔太の怪訝《けげん》そうな顔、キッチンカウンター、ダイニングテーブル……

受話器から聞こえる女性の声……

私は棒のようになっている自分の脚《あし》に気付いた。

「……それでは、N区のM百貨店、南館、八階のカフェはいかがでしょうか……」

硬直しきった腕で受話器を置いた。

翔太と目が合った、彼も大きくなったものだ。ゲームの音がうるさくなった。

……〝時間〟が、とほうもない時間が私の心に重くのしかかる。もう耳から離れない声、満を持して遠くからやってきたあの声が、私を連れて行く、みんなに出会えた、そして私が歩き出した、あの時、あの場所……。

食事を終えた私は、一人物置部屋に入って静かに引き戸を閉めた。

「サトミ引越社」の段ボールを除けていくと、無地の段ボールがむき出しになった。側面に「本・ファイル」と大きく書かれている、下手な字で。

蓋を開けた。

黄色のフラットファイル『2002年度個人関係』、赤色のフラットファイル『2003年度個人関係』、青色のフラットファイル『2004年度個人関係』、文庫本、組合員のしおり、ノート……。
『2004年度個人関係』を引き抜いた。
健康診断記録――私は未だ二十八だった。役割達成シート、自己情報シート――住所は〇市のアパート、転入者の事務手続……、『道路法等申請業務概要（申請者への説明用）』、『2004年度T土木事務所維持課　管理第一係事務分担表』
その名前があった。
末尾は、『2004年度T土木事務所維持課配席図』
私の斜め前。

三

T土木事務所維持課執務室、夏の日……あの年。

むき出しの蛍光灯は消えていて、薄暗い部屋の窓は明るく輝いている。

机に広げた仕出し弁当を、私と佐々木さんは、ひたすら食らう。ごはんを寄せれば、プラスチックの容器から、コンコンと心地よい音がする。会議机から聞こえてくるのは、女性たちの談笑。

弁当の空容器を持った男たちがやって来ては、そばのカウンターに並べられていく。

向こうの島では、鷲野《わしの》係長が新聞を大きく広げている。彼も食べ終わったようだ。

電話が鳴った。

「はい、――日高交差点」

鷺野さんは受話器を頬と肩の間に挟んで、住宅地図をめくる。バサッ、バサッと乾いた音が響き渡った。

「交差点の西一〇〇メートル、東行車線に穴ぼこがひとつ、――ありがとうございます」

杉本巡視員が心配そうに見つめている。

鷺野さんは机に目を落とし、プッシュボタンを押した。

「T土木の鷺野です。松下さんいるかなあ。穴ぼこです……」

杉本さんが寄っていった。

「今度は、藤沢街道ですか」

「そう」

鷺野さんは住宅地図を複写する。すぐさまメモを書き込んで、本田さんの机の上に。

空容器を持ってやって来る鷺野さんに、佐々木さんが振り向いた。

「まだ、穴ぼこは出てくるねえ」

「減ったと思ったけど、年中だね」

私は『坂の上の雲』の活字を、ぼんやりと追っている。勝手口が「ガチャリ」と鳴って、服部課長と井上さんが入ってきた。

「オリンピック、もうすぐだね」と課長の大きな声が響く。「外なんか暑くて死んじゃうからね。クーラーが効いた部屋でテレビ見てるのが一番」

会議机が静かになった。奥から女性たちが現れる。永井さん、三輪さん、青山さん。

「バコッ」、「バタン」、扉の音を残して、三人は部屋から出て行った。

机の下から箱を取り出して、丁寧に包装紙を取り除いているのは、内山君。

「どこかに行ってきた？」と私は目を向ける。

「蓼科《たてしな》です」

内山君がみんなの机の上に小袋を置いていく。信州の林檎《りんご》の菓子。またもや大きな声が。

「僕も若い頃、同期の子とテニスに行ってね。でも雨ばっかりでホテルでトランプばかりしてたね。あんなにやったのに、こないだ家族でやろうとしたら、すっかり忘れちゃっててね」

三輪さんと永井さんが席に戻った。二人は小袋を手に取って、お礼の一言。

「内山君、彼女と行ったんだよね？」と永井さんが問い詰めた。

「グループです」

「あんたもモタモタしてると、いい子みんな取られちゃうから、積極的に行きなさいよ」

課長が菓子を頬張りながら、

「そうだよ、僕なんか本当にモタモタしてたから、気付いたら誰もいなくなった。ドラマみたいでしょ」

みんなが笑う。三輪さんが指先に菓子をつまんで、

「蓼科なんていいなあ、涼しいよね」

永井さんがくるっと椅子を回して、目を丸くした。

「あんたなんかいつでも旦那に連れてってもらえばいいじゃない。好きなとこ」

「そうねえ」

「パチッ」とスイッチが鳴って、次々と蛍光灯が灯《とも》っていく。間もなく午後の業務が始まる。

ガラガラガラ。はっと振り返ると、「父さん、風呂入ろ」顔をしかめた小っちゃな鬼が、立っていた。

彼は、お母さんに言われてやって来たのだろう。

「智也はお風呂入って。お父さんは物置部屋だから呼んでらっしゃい」

私は青色ファイルを無地の段ボールに入れた。

浴槽のなかで潜りっこ。智也は私に似て変なところで負けず嫌いだから、わざと負けでもしないと終わらない。


妻も息子たちもぐっすりと寝ている。私はソファーに身を沈めた。

真っ黒なテレビの画面、シャッターで塞がれた窓、何も聞こえない、まるでシェルターの中にいるかのように。

再び、青色ファイルをめくった。

『2004年度T土木事務所維持課配席図』

四

私はこの配席図が、執務室に入ろうとする人の視点で描かれていることに、今さらながらに気が付いた。だからいつも開閉を繰り返していた木製扉は、図の下に描かれている。

左上に表示されている島は、修繕係と企画係。係ごとに事務机がまとまって並んでいたので、私たちは時々、係のことを「島」と呼んでいた。うちの島、隣の島、向こうの島。

六つのマス。上段三マスが修繕係で、下段三マスが企画係。鷲野修繕係長が上段左、上段中は中根さん、本田さんは上段右。そして下段左が河村企画係長、下段中は梅村さん、下段右は石井さん。

その下の島が、管理第二係（河川・港・砂防）。四つのマスに四人の名前。夏目係長が上段左で、上段右に佐野さん。永井さんが下段左で、内山君は下段右。

この島の左側のスペースに、独立した大きな一マス。服部課長。

一番下に、管理第一係（道路）。六つのマスに四人の名前。三輪さんが上段左、佐々木さんは上段中、上段右がアルバイト席。井上係長は下段左、私は下段中、下段右は空席。

そう、私の隣は空席だった。二係の島と一係の島との間のスペース。三輪さんと永井さんが、くるくる椅子を回しては、向き合ってしゃべっていた。

修繕係の島から一係の島まで、その右に、長々とカウンターが描かれている。カウンターと島との間のスペース、各係はここに立って、来訪者の応対をした。カウンターの真ん中には切れ間があって、ここにプリンターの表示。コピーするのもここだった。

カウンターの向こうは、メイン通路である。来訪者も頻繁に往来していた。木製扉からまっすぐに突き抜けると、勝手口に当たる。

メイン通路の右側に、上から巡視員の島、四マスの表示。二人の道路巡視員に河川・港巡視員と砂防巡視員が一人ずつ。毎日四時半頃になると、みんなが机に向かって日報を書いていた。

その下に、キャビネット、会議机と続く。会議机は折り畳みのテーブルをいくつかくっつけたもので、パイプ椅子に十人は座れたはずだ。

ここで課長たちと、よく打ち合わせをした。そして来訪者によく怒られた。キャビネットで巡視員の島と仕切られていて、昼休みには、三輪さんたちが談笑していた。

会議机の下にテレメーター室の表示。すっぽりと中仕切りされた空間は、真夏でも空調が効いて寒かった。非常配備の時、雨量や水位を監視した。

荒天時、私たちは窓から空を仰いだ。雲の色、雲の動き。窓があるのは図の左側、方角は南だった。窓に沿って背の低いキャビネットが並ぶ……。

――二〇〇四年、夏にアテネでオリンピックがあった。

第一章

一

二〇〇四年四月一日、木曜日。

朝の七時五分、私鉄特急はゆっくりと終着駅のホームに入って行った。扉が開いて、みんながT駅に足を踏み入れる。冷気に覆われて殺伐とした空間が、私の緊張感を高くする。

ホームの端の階段を上がると、そこは広場になっていて、JR線のホームから上がってきた人たちと一緒になった。

改札口を出た。天井の下の広い通路は、男も女も硬い表情を浮かべて、脇目も振らずに歩いている。その先にペデストリアンデッキ。朝日を浴びた透明の屋根と白い柱がとてもきれいだ。

I県東M地方の中心都市T市。ビルの上の巨大な広告板が、目に飛び込んできた。

デッキの途中から左手の階段を下りて行くと、すぐ右に巨大な路面電車の屋根が現れた。初めてそれを見た。線路端をぐるっと回りながら、電車を眺める、交通博物館のごとく。前扉から背広姿の男が一人二人と乗り込んでいた。

私は運転席の真後ろに座った。進行方向右側、一人掛けのクロスシート。ちょっとテーマパークのアトラクションに乗り込んだ気分である。

振り返ってみた。ロングシートに座る人たちは、みんなが黙り込んでいる。それでも穏やかな表情に見えるのは、電車に乗り慣れているからなのだろうか。

ドアがバタンと閉まって、「チン」、電車は動き出した。ウーと唸《うな》る音と短い揺れが新鮮だ。車窓に華やかなビルがいくつも流れていく。

次の駅が見えた。車道の真ん中に押し込められたようなホームである。通り過ぎてしまう。ホームに人影がないと停まらないことを知った。

右手にどっしりと構えた建物、郵便局。その直後、電車は左に曲がっていった。広々とした道路を軽快に進むと、右も左も低いビルが続く。二つ目の駅を通過してすぐに電車は止まった。信号待ち。降車ランプが点灯した。

黄色の矢印信号が点《つ》いて、今度は右に曲がりだす。左手に淡いピンクの綿菓子のような桜が目に映った途端、駅だった。市役所前駅。振り向けば四、五人が席を立つ。顔つきからもT市の職員に違いない。——チンチン。

電車は警察署、神社の石柱、公園前駅を通り過ぎて行く。降車ランプが点灯、間もなくH町駅に到着した。

電車のステップを下りてホームを踏んだ。フェンスが目と鼻の先にある。私は勢いよく車が流れる傍《かたわ》らで、三、四人の乗降者と一緒に、歩行者信号が青になるのを待った。すぐ向こうに大きな石灯籠が立っている。

石灯籠から並木路がまっすぐに延びていた。前方に人影が一人、二人。両側の歩道に連なる葉のない木々は、植物というより造形物のようだ。

通りは、戸建て住宅の合間に「八百屋」や「金物」の文字が現れたりして、雑然とした印象である。並木の隙間から信号が覗《のぞ》き、右へ左へと車が往来していた。歩行者信号のボタンを押した瞬間、「しばらくお待ちください」と白い文字が表示された。

再び歩き出して、私は気付いた。植樹桝《ます》に扇形の枯れ葉は銀杏《いちょう》の葉、そしていくつかの家屋にシャッターが取り付いていて、そこにうっすらと屋号が残っていることを。

食事処と肉屋を通り越し、交差点を左に曲がると、土木事務所らしき建物が見えた。

二

ありふれた長方形の建物。三階建て。一階左手の部屋の蛍光灯がひっそりと光っている。

門を越えて玄関に立つ。直後、自動ドアのモーター音とともに、私はロビーに入っていた。少しツンとしたニオイがする。

小学生の頃、父が連れて行ってくれた高原のロッジ。あの日、父と母、兄と私の四人は、重いカバンを持って、部屋番号を探しながら薄暗い廊下を彷徨《さまよ》っていた。このニオイは、私を一瞬であのロッジに運ぶ。

右側の壁に、T土木事務所の総合案内と見取図が掲げてあった。

一階　維持課：道路法、河川法等の許認可。道路維持修繕等
　　用地課：道路、河川等の事業用地の取得
二階　総務課：事務所の庶務、経理　【所長室】
　　　河川港湾課：河川、海岸、港等の整備
三階　道路建設課：道路の整備

【大会議室】【小会議室】
別館　都市整備課：下水、公園の整備

ベタベタに貼られたポスターやチラシ。左手に、衝立《ついたて》で仕切られたスペースがあって、隙間からソファーと自動販売機が覗いている。

ロビーの奥には二つの扉。左手が維持課、私の部屋である。右手は用地課、前田さんの部屋。

「おはようございます」と、正面の折り返し階段を細面の若い男が下りてきて、私は挨拶を返した。彼が何かしらこの事務所のベテラン職員に見える。

扉の横に、「維持課配席図」が貼られていた。私の席は井上係長の隣、三輪さんは私の斜め前。

銀色の丸ノブを押して、「バコッ」と木製扉を開けると、目の前に薄暗い部屋が広がっていく。

扉を閉めると、「バタン」と大きな音。

蛍光灯は島だけを照らしていて、一人の男がパソコンを見つめていた。

「おはようございます。古川です。よろしくお願いします」

男はすぐに腰を上げた。

銀縁眼鏡をはめた井上係長は、小柄でガッシリとした体つき、歳は四十歳ぐらいだろうか。

彼の背後に、灰色の高いキャビネット、扉から窓までビッシリと並ぶ。向こう側も同じよう。

丸い時計、課長席の後ろの柱に掛かる白盤の時計が、静かに時を刻んでいた。

私たちは自己紹介を始めた。井上さんの住まいはT市内で、車通勤だった。

私が「前はO土木事務所の経理でした」と言うと、井上さんは、

「私もＯ農林水産事務所の経理でした」とにっこり微笑んだ。やさしそうな井上さんにほっとする。

「ずっと他局にいて、土木局は十二年ぶりです」

「土木はどちらにおられたんですか」

「実はこの事務所なんです。新規採用の時、ここでした。それも道路管理でした」

うれしかった。上司がこの事務所の、なおかつこの仕事の経験者であるとなれば、こんなに心強いことはない。

「いろいろ教えてください」

「私も一からやり直さないと。それに管理瑕疵《かし》が大変みたいですね。私がいた頃は、あまりなかったんですけど」

井上さんは、体形と相まってどこか浦島太郎を思わせる。先週、電話の向こうで前田さんの声は明るかった。〝今度、維持課だってね。残念だわ。残業は結構あるかもよ、それより管理瑕疵が辛いね〟

「私もそのように聞いてます」

井上さんは未開の地に挑む同志なのである。

「路面電車の駅はＨ町ですか？」と井上さんが聞いた。

「はい」

「市役所前で降りて公園を通ってくれれば、今は桜がきれいですよ。それにＴ駅から直接歩く人もいるんじゃないですか」

「T駅からだとどのくらいかかります?」

「三十分くらいですかね」

私は、井上さんがつくづくこの土地の人間なんだと感じた。と同時に、彼の言葉に妙な疎外感を覚えてしまった。それは地元民以外は、決して分からない何かというべきか。

「引き継ぎは来週ですね」と井上さん。

「そうですね」

私たち職員は、三月中の引き継ぎを課されていた。ところが、前任の木村さんは、業務多忙を理由に引き継ぎを先送りにした。彼の転出先は、県庁の都市開発課、その仕事の中身を私はよく知らない。

そして井上さんの引き継ぎは、前任者がずっと休んでいたので、そもそもできなかった。月曜日に二人は、木村さんから引き継ぎを受けることになっていた。


机のセンター引き出しをカラカラと引くと、中に入っていたのはA4用紙がたったの三枚。

『道路法等申請業務概要(申請者への説明用)』

『2004年度T土木事務所維持課　管理第一係事務分担表』

『2004年度T土木事務所維持課配席図』

配席図の名前のなかで、顔見知りなのは修繕係の本田さんただ一人。これでは、新規採用者と変わらない。事務分担表に見入った。

基本　T市→三輪絢子《じゅんこ》。

TK市・G市・I町・O町・K町・M町→古川諒《りょう》。

TH市・AM町・→佐々木昭。

三輪さんはT市だけである。けれども、この地方の中心都市T市の貫禄というか困難さが伝わってくる。

境界確定　T市→三輪絢子／佐々木昭。

TK市・G市・I町→古川諒／井上幹夫係長。

O町・K町・M町→古川諒／三輪絢子。

TH市・AM町→佐々木昭／古川諒。

土地の払い下げ　全域→井上幹夫係長／古川諒／三輪絢子。

私は、後ろのキャビネットを開けてみた。ぎっしりとチューブファイルやフラットファイルが並んでいる。井上さんも振り向いて、キャビネットを眺めた。

『T市　松原街道　占用許可（岡部ガス）』……『TK市　野々宮街道　占用許可（中日本電力）』……『G市　洲崎街道　占用許可（下水管）』……

『2002年度T市　乗入工事　その1』、『2002年度T市　乗入工事　その2』……

『2002年度　道路管理瑕疵』、『2003年度　道路管理瑕疵』

「私が作成した書類も残っていると思いますよ」と井上さんは口にする。

「そうなんですか」

「ＴＫ市などの書類のどこかに残ってるんじゃないかと思います。私もＴＫ市を担当してましたから」

私は『ＴＫ市　鎌谷街道　占用許可（中日本電力）』をキャビネットから取り出した。表紙をめくると、前任者の名前が現れた。

起案者　木村直樹。起案日　二〇〇四年三月……

ページをめくるにつれ、年月がどんどんと遡る。

「ありました」

起案者　井上幹夫。起案日　一九九一年……

井上さんは頷《うなず》きながらも、何も語らない。

三

木製扉が開いて、バチッと音が鳴ると、すべての蛍光灯が点灯していった。修繕係の本田さんだった。背が高くて痩せていて、色白な美男子である。

本田さんは私の顔を見るなり、「どっかで一緒だったよね」と聞いてきた。

「昔、ＴＤ土木にいませんでした？　僕は出張所です」

本田さんは体をのけ反らし、

「そうそう、思い出した」

こんな彼も、私より二つ三つ上のはずだから、もう三十路なのか。

程なく、私の目の前に現れた男が、嘱託員の佐々木さん。瘦せていて白髪交じりの薄い髪。県職のOBだと聞いていたので、お歳は六十超えのはずだ。

ふっくらとした血色のいい男が、「おはよう」と大きな声を発しながら入ってきた。課長の服部さんだった。髪が黒々として若々しいけれど、課長職である以上、きっと五十代だろう。服部さんは席に着くなり、私と係長に、「引き継ぎができなくて申し訳なかったね」と言ってくれた。

私は、四十歳ぐらいの小柄で少し太った女性から、机越しに、「あら、あなたが古川君なの、しっかり頼むわよ」と元気な声をかけられた。彼女は管理第二係の永井さんだ。その永井さんから、「あんた、もう更新許可は発送し終わったよね」と言われて立ちすくんでいるのが、内山君。小柄で細マッチョでとても若かった。

私や井上さんのような転入者は、挨拶のために各人の席まで足を運んだ。

修繕係の鷲野係長は、日焼けした顔に鋭い眼光と深い皺《しわ》、瘦せた大きな上背、その威圧感を増長させる大きなだみ声で、私はこの五十歳ほどの男に畏怖の念を抱いた。

カウンターの向こうの島に、年輩の男衆が集まっていた。道路や河川の巡視員の人たちである。道路巡視員の杉本さんの頭は、パンチパーマだ。

私と井上さんが企画係の人たちと挨拶を交わしていた時、「おはようございます」と女性の声が聞こえた。

私は振り向いた。私の斜め前の席に座って、机の下にバッグを入れている女性の後ろ姿。彼女こそ、私の異動先が決まった時、二、三の男たちから羨望されたゆえん、三輪さんだった。

私と係長は彼女に挨拶をした。

「三輪です。こちらこそよろしくお願いします」

澄んだ目、ピンクがかった頬、セミロングの髪、少し痩せた中背の体。

忘れることはない。あの時の一抹の不安を抱いているような三輪さんの眼差しを。


修繕係と企画係の島が埋まっていた。鷲野係長と本田さんはじめ二人の担当。河村係長と二人の担当。本田さん以外は、みんなが長くてつらい経験を積んできたように見える。そして本田さんだけが唯一の継承者のように若かった。

三輪さんが鷲野さんと河村さんの横に立って、頭を下げながら、

「今年もよろしくお願いします」

すると修繕係と企画係の全員が中腰になって、「お願いします」と低い声が一斉に発せられた。王女にかしずく家来のようであった。

八時四十五分、始業のチャイムが鳴って、一斉に全員が起立する。半分ぐらいが、クリーム色やグレーの作業着を羽織っていた。

「みなさん、おはようございます」と背広姿の課長が大きな声を発した。

「四月一日、新しい年のスタートです」

年度始めの課長の挨拶が始まった。

「維持課の仕事はつらいことも多いと思いますが、何でも相談しながらやっていきましょう」

私たち転入者は、課長から紹介された。この年の維持課の人員数は十九、そのうち女性は三輪さんと永井さんの二人、転入者は私と井上さんの他三人である。

早くも巡視員の四人が――二人は黄色の安全ベルトを身に着けて――使命感溢れる顔つきで部屋から出て行った。

九時を過ぎると、来訪者がちょくちょくやって来た。彼らはカウンターから私たちに声をかける、いかにも親しげな顔をして。

「こんちはー、中日本電力です」

そのたびに三輪さんと佐々木さんは、引き出しから書類を取り出して彼らに渡していた。それは『道路占用許可書』と申請書の複本で、三輪さんが、「あの方たちは、年度末に申請した許可書を取りにいらっしゃるんです」と教えてくれた。


正午、蛍光灯が消えて、部屋の窓が光り輝いた。

私は、作業机に並ぶ紅色の仕出し弁当の容器を手に取った。机の上でプラスチックの蓋をカパッと開けた時、お惣菜《そうざい》とたっぷりのごはんに、ささやかな喜びを感じた。コンコンと係長と佐々木さんと一緒に容器をつつく。

「平野と一緒にならんで、よかったねえ」と過激な言葉が耳に入ってきた。「アイツ仕事やんないから」

三輪さんたちが、会議机に手弁当を広げて雑談をしている。その中に若い豊満な女性がいて、彼女は「ゆきちゃん」と呼ばれていた。

「結局、あの男、最後の日ちゅうに、さっさと帰って」「だから石黒さん、昨日も終電らしいよ」
時折、永井さんの大きな笑い声が聞こえた。
私と井上さんは机に管内図を広げて、引き継ぎ事項が綴《つづ》られたフラットファイルを読んでいた、まるで実習生のように。法令はもとより地名も街道名も、知らないものだらけである。井上さんが、
「ところで課長から聞いたんですが、管理瑕疵で一つ揉《も》めてるのがあるみたいですね」
と話しかけてきた。その事故とは、
《二〇〇四年三月……雨の夜、鈴木氏（五十一歳）が自動車で環状線を走行中、穴ぼこにはまりタイヤ一本とホイール一本を損傷した》
《鈴木氏は被害者側の過失は無し、最大譲歩して一割と主張》
《現在、県庁（道路管理課）が過失割合を整理中。見解を早急に鈴木氏に伝えること》
どんな仕事であっても、嫌なことは付きまとう。でも管理瑕疵は雰囲気からしてちょっと違う。
終業時近く、前田さんが入ってきた。日焼けした精悍《せいかん》な面立ちに、機敏な身のこなし、四年前と全く変わらない。
「よう、久しぶり」
前田さんは私の肩を軽く叩いて、隣の席に座った。そしてやさしそうな顔を三輪さんに向けて、
「三輪さん、もう一年ご苦労さま」
彼女はもの憂げに頷いた。

私は急に不安に襲われた。彼女は嫌がっているんじゃないだろうか。

「今年は、井上さんも古川君もいるから」と前田さんは言った。

追い打ちをかけるようなその一言に、私は体が強張《こわば》ってしまった。前田さんは、私が管理経験ゼロなことを知りながら言ったのだ。とても彼女の役には立てないのに。

「ところで今年の交友会の幹事長って僕なんだけど、この部屋の幹事って決まった？」

と前田さんが聞いた。

その途端、「はい私」と、永井さんが椅子を回しながら手を挙げた。そのしぐさは、どこかの食べ物屋の前にでも置いてありそうな人形のようだ。前田さんはにこやかな横顔をしている。

「交友会、いつでした？」と永井さん。

「九月だね、まだまだ先なんだけど、どこかいいとこある？」

「昨年なんか席が狭くて、隣の人しか話せなかったよね」

懐かしむような永井さんの口調は、それがまんざらでもなかったかのように聞こえる。私の知らない交友会、三輪さんも誰かの隣に座っていた。

「中華だけど、千草苑なら余裕じゃない？」

前田さんたちの口から、初めて聞くような店の名前がいくつも出ていた。私は彼らとは見えない壁で分断されているかのように、パソコン画面を睨み続けた。

「また幹事会で相談するかな」と言って、前田さんは腰を上げた。

「諒、今度ランチ一緒にどう？」

「是非行きましょう」

五時三十分、終業のチャイムが鳴って、課長はじめ大勢が、潮が引くかのように部屋から出て行くと、早朝の光景が再び現れた。井上さんが満を持したかのように口を開いた。

「しばらく三輪さんにご負担かけちゃうけど、申し訳ないです」

三輪さんは顔を上げて、

「私こそ、分からないことだらけでご迷惑かけます」

彼女は当職三年目。一年目の係長が前田さんで、二年目の係長は病弱な人としか分からない。この事務所に来る前は、ずっと他局勤務だった。

「図面を見ても何も分かりませんでした」と彼女は微笑んだ。しかし、その笑顔の奥底に、二年間で築き上げた自信が潜んでいると、私は感じたのである。

T土木事務所の初日、私が帰る時、三輪さんはまだ残っていた。


アパートの鉄製階段を上がって、鉄製のドアを閉めた。ガチャリ。一瞬で解放感に包まれる。強張った体を皺くちゃのベッドに投げ出して、枕で顔を塞いだ。

四月一日の転入者、それは、好奇の視線を一身に浴びる役者のよう、気苦労ばかりの一日だった。

……みんなの顔が浮かんでくる、この一年、一緒に仕事をする人たちの。

……みわ、じゅんこ。

彼女の眼差しが脳裏から離れない。

四

私はキャビネットから、チューブファイル『2003年度　道路管理瑕疵』を取り出した。冒頭の一覧表に、二〇〇三年度の賠償件数が、穴ぼこ四件、倒木一件、落石一件とあって、損害はすべて自動車の物損だった。

ファイルをめくっていく。穴ぼこ事故のどれもが、自動車のタイヤのパンクかホイールの損傷である。倒木事故。街路樹が強風で駐車車両に倒れてしまったようだ。

一枚の絵が綴《と》じてあった。その鉛筆描きの絵は、大きな木がバンに倒れ込んで、屋根が圧《お》し潰されている様子を表していた。

「この絵って、誰かが描いたんですか？」

私は目の前の佐々木さんにファイルを差し出した。佐々木さんの目元が緩む。

「これは三輪さんの絵。木村君が現場に行った時には、既に木は片付けられていてね。県庁への説明用に彼女が描いてあげたんだよ。想像だけど」

胸がときめいた。特技が絵だなんて。

「でもこの事故、本当に危なかったよ。もし人が乗ってたら、死んでたんじゃないかな」

と佐々木さんは平然と言った。

私はこの絵に若干の拙さを感じながらも、事故の状況を分かりやすく描いていると思った。井上さんも興味深そうに絵を見ている。一心に鉛筆を動かす三輪さんの姿が目に浮かぶ。

三輪さんが入ってきて、私の斜め前の席に座った。昨日と一緒だ。すぐに始業のチャイムが鳴った。

「おはようございます」と、またもや課長の大きな声が響いた。

「年度始めですから、私の自己紹介をさせていただきます」

課長は当職二年目、採用からずっと土木局勤務だった。建設畑と維持畑を行ったり来たりしていて、本課（県庁）の経験もあった。家族は妻と二人の娘、自宅は西M地方のK市で、通勤手段はJR。趣味は旅行らしく、高山が気に入っているそうだ。

「はい、何か連絡事項はありますか……。それでは今日も一日よろしくお願いします」

最後まで大きな声が続いた。

朝礼当番は輪番で決まっていて、次は井上さんで、その次が私だった。

受話器を握った三輪さんが、係長を見つめて、

「鈴木さんの事故の件ですが、本課は来週火曜日ならいいそうですが」

「火曜日は六日ですね。時間は？」

「十時でよろしいでしょうか」

三輪さんが受話器を置くと、机の書類を睨んでいた課長が、顔を上げた。

「鈴木さんね。本当に難しい人でね。出は東北らしくて、こっちで何をしてるのか。一種のクレーマーなんだか。早く解放されたいよ」

井上係長の前任者は、秋から療養休暇を繰り返した。二月から出勤はなく、人事異動が決まった後に、奥さんが荷物の整理に来たらしい。鈴木氏の件は、課長が代わりに対応していた。

井上さんが三輪さんに、

「月曜日にでも、現場を見た方がいいと思うんですが、どうでしょうか」と遠慮気味に聞いた。

三輪さんは「お願いします」と顔をほころばせた。

「古川君、あなたも一緒にどうですか?」と係長が誘った。

「是非、お願いします」

私は現場に行くことが好きなのである。ハンドルを握るだけでもわくわくする。

昼休みにロビーに出た時、玄関前に立つ三輪さんの後ろ姿に目をとめた。

用地課の扉からゆきちゃんが出てきた。私の会釈に彼女はニッコリと返して、真っ直ぐ玄関に向かう。彼女らが外でも一緒に食事をすることを知った。

扉の横の配席図に「青山由紀」とあって、前田さんの向こうの島の担当だった。

いつもどんな話をしているのだろう。

五

私がキャビネットに書類を入れている時、髪が真っ茶色の若い男が、カウンターに立っていた。

三輪さんは「管理瑕疵です。係長も一緒にお願いします」とささやくと、足早に向こうの島に行って、本田さんに声をかけた。

「古川君も一緒に聞きましょうか」と係長がまた誘う。

課長が顔を上げて、「井上さん、よろしくお願いします」とうれしそうに言った。

会議机に集まった。私も一緒である。茶髪の男だけが向かいに座った。鵜飼と名乗るその男は痩せていて柔和な面立ちをしていた。

「一昨日《おととい》の夜、車で走っていたら、穴ぼこにはまったんです。昨日の朝、車に乗ろうとしたら、パンクしてました。弁償してもらえるんですよね」

上ずった鵜飼氏の声、それは、役所への甘えと不安が入り混じっているかのようだ。

三輪さんが、

「街道名と場所は分かりますか?」と尋ねて、道路地図をゆっくりと鵜飼氏に示した。

地図を睨む鵜飼氏。少しして顔を上げ、「この辺ですよ」と指で地図をなぞった。

バサッバサッと本田さんが住宅地図をめくり出す。そこには、手書きの修繕記録がいくつも記されていた。

本田さんと三輪さん、私の知らない頃、二人は支え合ってきたのだ、鵜飼氏のような人が来るたびに嫌な思いを共にして。

「もう少し細かい場所は分かりませんか?」と本田さんが聞いた。

「夜で分かりませんよ」

「この街道は、昨日二か所穴埋めしてますが」と本田さんは前置きしてから、住宅地図を示して「ここでしょうか」、続けて別のページを示して「それともここでしょうか」

本田さんの流れるような聞き取り、二年間の経験は伊達《だて》ではない。

「どうかな?……どこでもいいじゃないですか。この辺でやったんですから」

三輪さんは悠然としていた。フラットファイルから用紙を取り出して、そっと鵜飼氏の前に置く。私と係長の前にも、同じものを。

『道路管理瑕疵の事務(抜粋版)』Ａ４サイズ数枚、ホッチキス一点留め。

「賠償ではまず、瑕疵を確認して、その瑕疵で損害が発生したことを立証することが必要となります」と三輪さんは話しかけた。「その辺りのことが二枚目になります」

鵜飼氏は頷いて、用紙を手に取った。私は警察に届けることが、瑕疵の特定とその瑕疵と損害との因果関係を立証する根拠になり得ることを知った。

「だいたい言いたいことは分かりましたよ、ちょっと思い出しますから」

鵜飼氏は住宅地図を引き寄せて、ページをめくった。

「僕がはまったのは、やはりこの辺ですかね」

三輪さんは道路地図に目を配りつつ、鵜飼氏の当日の走行経路や出発時間を聞き取っていった、鵜飼氏の方を向いて頷いたり、ササッとメモしたり、まるで調査専門官みたいに。

「ありがとうございました。状況はよく分かりました」

すぐさま、

「警察に届けてきますよ。弁償してくれますよね」と鵜飼氏は声を張り上げた。

「一とおりの説明をさせてもらってよろしいでしょうか……。資料の三枚目をご覧いただきたいのですが」

鵜飼氏は三輪さんの方を上目遣いに見つめて、再び用紙を手に持った。両肘が机に付いている、顎が突き出ている。

『前方を注視していれば、穴ぼこや路上障害物を避けることが不可能ではないので、車両の運転者の過失として相殺される』

趣旨が分かったのか、鵜飼氏は怪訝そうな顔をして、

「結局、どのくらい相殺されるの」と聞いた。

「状況によって違います」

「普通、どのくらいなの？　他でも事故あったでしょ」

「五割という事例がありましたが」

一瞬で鵜飼氏は顔を引きつらせ、バサッと用紙を机に置いて、「そんなにですか。夜で何も見えませんよ、避けれませんよ」

とまくし立て、憮然《ぶぜん》とした表情で三輪さんを睨みつけた。

「過失相殺については、状況を考慮させていただきます」

「ふーん」

「次の賠償金の支払方法ですが、よろしいでしょうか」

しかめっ面の鵜飼氏は、ぞんざいに片手で用紙をつかみ取る。

なんて冷静な対応なんだろう。三輪さんは時折、鵜飼氏の顔を一瞥《いちべつ》して、臆することなく説明していた。しかし、こういうことを何回も繰り返してきた彼女が、少しかわいそうになった。

「……本課と相談しますのでお時間を頂きたいのですが、それと何か分からない点はございますか」

虚《うつ》ろな顔で黙り込む鵜飼氏。あらぬ方を向いて「あーあ」と声を出し、

「ま、とにかくちゃんと弁償してくださいね」

茶髪の男が腰を上げた。

やれやれである。何もしていないのに、私の体は強張っていた。

「今日の方はやさしい方です」と口にした三輪さん。ちょっと疲れたみたいだ。

席に戻った時、佐々木さんが眉間に皺を寄せた。

「穴ぼこは雨が降ると舗装の割れ目から水が入って、よく出来るんですよ。その中でも三月四月が一番多いかもしれないね。それに穴ぼこなんか、道路建設課にもっと大規模修繕をやってもらわないことにはどうしようもないですよ」

課長がにこやかな顔をこちらに向けて、

「ご苦労さま。それにしても真っ茶々だったね、女性かと思ったよ」

三輪さんはキーボードを叩き始めた。しばらくしてプリンターから用紙が出力されると、決裁欄のゴム印を押して係長に渡した。

「事故速報です」

この日、私と係長は、『事故速報』は事故発生後速やかに、『事故報告書』は事実関係を整理した後、県庁に送ることを知った。

そして、私は三輪さんの気の強さを知った。

六

朝礼が終わってすぐに電話が鳴った。三輪さんが課長に取り次いだ。

「……はい、申し訳ございません。すぐに対応します……」

課長は電話を切るや否や、鷲野係長の横に立ち、

「ちょっと、まずかったなあ」と話しかけた。この件《くだり》を本田さんが教えてくれた。

「三月末にT市の部長から、課長のとこに穴ぼこの情報提供があってね。穴埋めはしたんだけど、すぐに剥がれちゃってね。それで、また連絡が入ったんだよ」

穴埋めした所が剥がれるとは、私は穴ぼこ対応の難しさを垣間見《かいまみ》た。

「N土木で昨年、穴埋めした後にダンプが通ってね。合材が飛び散って、沿道に展示してあった中古車に降りかかったらしいよ」と本田さんは付け加えた。


階段の横の通路は、五メートルぐらいの長さで、北の勝手口に当たる。ロビーの奥から右手に伸びる通路は、ずっと長くて、左手に給湯室、トイレ、更衣室、代務員室と続き、東の勝手口に当たっていた。

私たちはロビーに集まった。クリーム色の作業着に白色の運動靴、係長と私はキャップを、三輪さんはグレーのつば広ハットを被って。

北の勝手口の向こうに、長々と公用車の車庫がある。もう出かけた車があるのか、シャッター

がいくつか開いていた。その前で煙草をふかしながら立ち話をする二人の男。いずれもひょろっとした年配者である。

「早速どこへ行くの」と男の一人が聞いた。

「穴ぼこの事故現場です」

と三輪さんは声を振り絞る。

「気をつけていってらっしゃい」

運転席に三輪さん、私が助手席、係長は後部席。白色のバンはゆるやかに発進する。

銀杏並木を通り越し、H町駅を左に見やりながら、電車通りを突っ切った。初めて見る光景、街路樹と小奇麗な住宅や事務所が続く街並みに、ちょっと気持ちが高ぶった。

信号待ち。ハンドルを握り締め、前を見据える三輪さんが、口を開いた。

「T市内はまだいいんですが、AM町とかG市は遠くて、場所によっては、行くだけで一時間半はかかるんです」

「半日では帰って来られないですね」と私が言った。

「ええ、佐々木さんは車の運転時間の方がはるかに長いといつも言ってます」

長い跨線橋《こせんきょう》を越えた。沿道の景色がゆっくり流れる。これでも法定速度なんだろう。雑然とした住宅や店舗が、なぜか生き生きと目に映る。

激しい振動が体に伝わった。係長が身を乗り出して、

「確かに道は悪いですね。今まであまり気付かなかったけど」

「はい」と三輪さん。

そうなのだ。何事も自分の立場が変われば、今まで見えなかったものが見えてくる。

沿道の建物がまばらになった。

「もうすぐです」

田んぼが続く片側一車線の直線道路は、対向車が疾風のごとくすれ違う。

三輪さんは懸命にハンドルを回して、バンを狭い交差道路に入れた。向こうの方に学校らしき建物が見える。三人が外に立った時、明るい空の下、風が吹いていた。

ひっきりなしに乗用車や商用車が走っている。

「あの黒くなっている所が現場です」と三輪さんが指をさす。

車道に描かれた黒い島、穴埋め跡。ちょくちょく見かけるものと、何も変わらない。三輪さんはハットを片手で押さえ、眩《まぶ》しそうに目を細めた。

大きなトラックが轟音《ごうおん》を響かせて、穴埋め跡をおかまいなしに疾走していった。

三輪さんは私たちを見つめて、

「この辺り、お店もなくて夜は暗いんです。雨の日の夜に鷲野さんとこの現場を走ってみたんですが、舗装が光って見づらいと思います」と訴えるように言った。

郊外の何の変哲もないこの現場が、彼女にとってどれほど重要な所であるかと思うと、不思議な気持ちになった。事故がなければ、彼女はこの景色を見ることすら、なかったのかもしれない。

「夜で雨ともなれば、見えないと思いますよ」

係長の言葉は、三輪さんを労《いた》わるかのようだった。

また、一台の乗用車が穴埋め跡を通過した。何かの因縁を感じる。三月の雨の夜、数ある車の中で、なぜ鈴木氏が、この穴ぼこにはまらなくてはいけなかったのだろう。

三輪さんが運転席に乗り込もうとした時、言葉が湧き上がった。

「帰りは僕が運転していいですか。公用車に慣れたいので」

三輪さんは振り向いて、「是非お願いしたいです」と微笑んだ。

「僕の車、軽なんです」

バンは動き出したものの、私は帰り道に全く自信がなかった。何とかなるだろうと平静を装いながら、前方の景色に目を凝らす。

「パト車が穴埋めすることもありますよね」と穏やかな係長の声が聞こえた。

「はい。緊急的にやることがあります」

バンは交差点を越えた。その直後、三輪さんが「次の信号右折です」と手振りをまじえて示してくれた。

「はい」

一安心、ソワソワ感がすーっと消えた。

「三輪さんはやったことありますか?」と係長が続ける。

彼女は振り向いて、

「あります。何度かパトに乗せてもらって、その時に一度」

「私たちも一度、経験した方がいいですね」と係長。

「是非、やりたいですね」

信号待ち、ウインカーが鳴っている。今度は私が口を開いた。

「三輪さんが描いた絵、見ました、倒木の絵。すごく上手ですね」

「全然です」

「絵をやってたんですか」

「少し前から始めたんです。でもなかなか上達しなくて」

「いえいえ、あれだけ描ければ楽しいですよね」

三輪さんを一目《いちもく》する、ほんのりと頬が赤い。……愛しさを覚えてしまう。

バンが動き出す。ハンドルを回す私の腕は、コチコチに硬直していた。

「絵はやられます?」

「僕はやったことないです。それに高校の時は書道を選びましたから、絵はずっと描いてないです」

係長が身を乗り出して、

「三輪さんは油絵ですか」

「いえ、水彩画です」

通りを走る路面電車を目にして、やっと息をつく。バンが事務所の広い門扉のレールを越えた瞬間、ガチャンと大きな金属音が鳴り響いた。

着替えを終えてロビーに出たら、大柄な男、成本さんと鉢合わせした。広い肩幅、濃い眉毛に波打った髪、四十歳ぐらいのおじさんである。前の事務所では、私が経理の担当で、彼は道路建設課の担当だった。

成本さんに気兼ねすることがなかったので、ロビーで雑談したり、たまには飲みにも行った。

趣味は油絵を描くことで、彼の描いた裸婦像が県庁の通路に展示されていたと、誰かに聞いたことがある。

彼もこの年の転入者で、道路建設課、第一係長という役職が付いていた。

成本さんが、「どういう縁でしょうね。またあなたと御一緒になるとは」とニタついたので、私は、「これこそくされ縁っていう奴ですね」と言い返した。

成本さんは満面の笑みを浮かべた。

「今度は、あなたは道路管理、お世話になります。お手柔らかにね」

通路から三輪さんが出てきた。会釈をしながら通り過ぎる三輪さん、全身が硬直しているかのような成本さん。彼も独身であった。


昼休みも終わる頃、黒縁眼鏡をかけた男が入って来た。色白で痩せていて、とても理知的な面立ちをしているその男が、木村さんだとすぐに分かった。私より幾らか年長らしい。彼は電車を乗り継いで、県庁から二時間近くもかけてやって来た。

木村さんと課長が立ち話をしている。「そっか、そっか」と課長のにこやかな声は聞こえてきても、木村さんの声は小さくてよく分からない。

三輪さんや永井さんや本田さんたちが彼の周りに集まった。あたかも戦場から帰ってきた兵士を囲むように。

永井さんの声が耳に飛び込んでくる。

「あんた、ひどくない？　三輪が泣いてるよ。都市何とかなんて辞めて、来年戻っておいでよ。

私の席、空けとくから」

「本当、やっぱりここがいいよ。二日で分かったよ」

「さすが木村君、分かりが早い。いや、それにしてはちょっと早すぎない？」

みんなが笑っていた。

寂しかった。いかに前年が大変な年であったにせよ、彼らには私の知らない木村さんとの思い出がある。つらかったことも、楽しかったことも。

そして木村さんは引き継ぎが延びたことを、泣きそうな顔をして詫びるのだ。彼は紳士であった。

私は「大丈夫です」と返した。

木村さんは、キャビネットや机の引き出しからファイルを引っ張り出して、会議机に持っていった。

私と係長の向かいに、三輪さんと木村さんが座る。ついこのあいだまで二人は、一緒に仕事をしていたのだ。引き継ぎの途中、木村さんが言った。

「三輪さん、谷さんの境界確定の書類を見てもらった方がいいんじゃない」

三輪さんは「そうね、取って来るね」と言って、キャビネットへ向かう。

睦《むつ》まじい二人に嫉妬してしまう。

三輪さんが「これね」と書類を置くと、木村さんは自分の所有物のごとくめくり始めた。

二人のやさしい先生は、いろいろなことを教えてくれた。道路占用許可、乗入工事、特殊車両車通行許可、境界確定、道路管理瑕疵……

引き継ぎが終わった時、木村さんは、「何か分からないことがあれば、いつでも連絡してください ね」と言ってくれた。

私と係長はうやうやしく頭を下げて、三輪さんは傍らでニコニコしていた。

「何度でもよろしくね」

向こうの島で、木村さんが立ったまま、鷲野さんと河村さんと何やら話をしている。木村さんを見上げて微笑む鷲野さんは、やさしそうな目をしている。どうしたらあんな仲になれるのだろう。

部屋を後にする木村さんの横顔に笑みはない。明日からの県庁での仕事に何を思っているのか。三輪さんは彼に付いていった、当然の振る舞いであるかのように。二人がどこで何を話しているのか、私は知らない。

事務所にいる三輪さんとは違う三輪さんが、私の部屋のどこかに隠れている。ベッドに入っていると、闇の中に彼女が現れた。にこやかな顔をして分厚いファイルを指さしている。そして、行き交う車の傍らで穴埋跡を見つめる不安気な顔が現れる。ハンドルを握って緊張した眼つきの横顔も、颯爽とロビーを横切って扉を開く後ろ姿も……彼女とは一体何なのだ。

七

私の最初の朝礼当番の日、島にいるのは佐々木さんただ一人。私は県職六年目で今年二十八歳になるとか、O市のアパートに一人住まいで、最寄り駅は私鉄のO公園前とか、趣味はスノーボードとか、当たり障りのないことをだらだらとしゃべった。

朝礼が終わった。永井さんが椅子を回して、

「古川君って前田さんの弟子って聞いてるけど」と興味深そうに聞いてきた。

「昼に破門になってるかどうか、確認してきます」

「昼はどこでなの？」

「美術館カフェです」

T公園の美術館。佐々木さんが、「今、葛飾北斎やってるよ」とうれしそうに言った。休みの日に、ご夫婦で観に行ったそうだ。


私がI県に入庁したのは、一九九九年。今からちょうど二十年前である。四月一日、入庁式を終えた新規採用者は、すぐには配属先がわからない。配属先の職員が迎えにきて、ようやくそれを知る。私はソワソワしながら、周りの人たちと一緒に待っていた。

私の配属先はTD土木事務所。仕事場はPJ出張所、いわゆる出先の出先で、職種は用地担当である。

プレハブ二階建の簡易な建物、ラワン合板の床は歩くと沈みこんだ。部屋の中に入るや否や、電話の声や、打ち合わせの声が、一斉に耳に飛び込んで来た。二十人ぐらいがいただろうか。

出張所長はみんなの手を休ませて、あの年、出張所では唯一の新規採用者である私を紹介した。

「古川君は前田君と一緒にやってもらいます」

私は恐る恐る椅子を引いた。前田さんは、座ったまま私に顔を向けて、

「よろしくね」

あの時のやさしそうな目尻が、今でも私の脳裏に焼き付いている。

前田さんは日焼けした精悍な顔に、真っ白い歯、カッコよかった。目の前には用地事務便覧やら、租税特別措置法解説やら、この世界で生きていくための奥義書のようなものが、ずらりと並び、私は全てに怖気づく。

ＰＪ出張所は、ハイウェイ事業のために時限的につくられた組織で、二〇〇四年末の完成を目指して、誰もが一心不乱に働いていた。又その翌年には、県内に新しい空港の開港も予定されていて、あの当時、オリンピックの準備さながらの活気を、あちらこちらで感じたものだった。

私は前田さんに、申し訳なかった。彼のパートナーが、ベテラン職員から、社会人の経験すらない若造になったのだから。数か月間、私は彼の運転手にすぎなかった。私が契約書を作成すれば、前田さんは自分の仕事を中断して、それを凝視する。そして白い歯を見せて言う。

「諒、数字、あべこべだ。気をつけてな。数字の間違いは直しようがないから」

彼は係長でなくても、実質、私の上司であった。

前田さんの仕事振りはスマートの一言。必要な資料を事前につくって交渉に臨んでいたので、本番でモタモタしない。大概その場で相手の質問に答えていて、出直すようなことはほとんどなかった。

「いつもノートに思いつく問題点や課題を書いてるんだよ」と彼はノートを見せてくれた、字が乱雑すぎて、何が書いてあるのかよく分からなかったが。

半年が過ぎた頃、初めて「今度は諒の言い方で説明しよう」と言い出した。その案件は、実測面積が登記簿面積よりはるかに小さい土地の買収だったと覚えている。

前田さんは酒好きで、難しい契約が取れたり、逆に交渉がうまくいかなかった時、ちょくちょく二人で飲み屋まで歩いた。夜中の一時まで飲んだこともある。彼はいやなことも、愚痴というより冗談っぽく話すから、私も一緒に笑っていた。十三も年上だったが、そんな時は歳の差を感じなかった。

ただ彼は職場では、少し独善的だったのかもしれない。しばしば委託業者や室長と口論したり、時には工事担当と喧嘩《けんか》をしていた。

「休みの日は娘と遊ぶのが一番の楽しみ」と前田さんは言っていたけれど、ウィンドサーフィンやゴルフが趣味だったはずだ。

ある夏の日、前田さんは出張所の若手三人を海に誘った。

ラフなシャツを着た前田さんが、S浜のレンタルショップで待っていた。彼は緑色の水に胸まで浸《つ》かりながら指導してくれた。それなのに、私たちはブームを掴《つか》んで立つことができなかった。「風をつかめ」と言われても、風向きすら分からない。前田さんは我々を見兼ねたのか、「めげずにやんなよ」と言って、沖に行ってしまった。

見放された三人は、試行錯誤を繰り返したあげくに疲れ果て、ボードに座り込んだまま波に揺られていた。

沖を滑走するいくつものセイル、どれが前田さんなのか分からない。はるか遠くには、巨大な船が何隻も浮かんでいる。前田さんが水をかき分けながら近づいてきて、「乗れた？」と聞いた時、三人は首を横に振った。

終了間際、セイルがバンッと音をたてると、私は海面を滑っていくボードの上に乗っていた。それが昨日のことのように思えるのだ。

出張所で、私と前田さんは二年間一緒だった。彼の次の仕事が、T土木事務所維持課管理第一係。その時から彼は係長になった。私はもう一年出張所にいて、その翌年の異動先が、O土木事務所だった。


強い陽射《ひざ》しの下、幹の太い大木が連なって、公園は明暗に彩られる。陸上競技場を左に見ながら大木沿いに歩いていくと、ゆるやかな曲線を描く園路に続いた。大木の枝葉と松の枝葉が交じり合う木漏れ日の中を、白いジャージ姿の若い男が三、四人、自転車を漕《こ》いできた。向こうに自動車の屋根がいくつも照っている。

駐車場を過ぎた辺りは、別種の大きな木の枝が、園路の上に幾重ものアーチを形作っていた。アーチの中に茶色い建物が現れる。童話に出てくる館みたいだ。奥を彩るピンクの固まりは桜だ。市役所前駅の直前に見える桜は、あれだったのだと合点した。

洋風の広場に瀟洒《しょうしゃ》な四角い建物、玄関にでかでかと張られた横断幕『葛飾北斎展』が、美術館であることを伝えていた。テラス席のパラソルの下、大勢の中に前田さんがいることがすぐに分かった。私と前田さんは片手を上げる。

丸テーブルにラタン調の椅子、水が入ったコップが二つ。前田さんがニッコリした。

「経理の仕事、大変だっただろ。正直、諒が経理やるとは思わんかった」

私は前田さんの目元や額の小皺に気付かされた。彼とて寄る年波には勝てないことを、私に教えているかのようだ。

「二年間はつらかったですよ。よかったと言えば女の子が多かったことぐらいですかね」

「彼女は出来た？」

前田さんの顔はいたって真面目、夏休みの成果を聞き出す先生のごとく。

「僕みたいに出来の悪いのは誰も相手にしてくれませんよ」

「絶好のチャンスを棒に振ったな」と前田さんは笑った。

カフェテラスの柵には、黄色い花を付けたプランターが、いくつもぶら下がり、すぐ向こうの広場では、円形の噴水台から噴き出す何本もの白い放物線が、ザーザー、ザーザーと雨そっくりな音を響かせている。

「この街、初めてですけど、街路樹が多くて気に入りました」

「三年いるけど、夏も海風が入るからＴＤ市より涼しいね。それに何となく人にやさしい街で俺も好きだよ。だいたい路面電車が走ってるくらいだから」

前田さんは西Ｍ地方のＫＴ町に住んでいて、車通勤だった。車は国産のワゴン車と古い小さな外車、彼は笑った。

「修理費だけで、まともな中古が買えるわ」

「あれからウィンドサーフィン続けてる？」と前田さんが聞いた時、私は一瞬迷いつつも、「続けてません。でもまた機会があれば行きたいですね」と答えてしまった。

「うちの長坂が結構やるんだよ、また一緒に行こうか」

「是非お願いします」

この言葉は、いつの間にか私に身に付いた私の嫌いな社交辞令であった。

「でも、あの時は面白かったですよ」と、私は初めてS浜に行った日のことを口に出す。

「……結局、乗れたのは僕だけですよ。他の連中なんてボードの上でタンカー見てただけ」

目前にスパゲティとサンドウィッチが並んだ。

「正直、あの時は、匙《さじ》投げてたんだよ。おまえらボードの上で浮かんでるだけだもん。あれじゃあ猫の方がましだよ。何でもそうだけどさ、最後は自分でやるしかないってことだよ」

目尻が下がった前田さんが、フォークを回している。私は三輪さんのことが気になって仕方がなかった。二人が一緒だった頃の出来事、その目元の皺が語る出来事を知りたいのだ。

「穴ぼこ多いですね」と言って、私は食べかけのサンドウィッチをお皿に置いた。

「穴ぼこには往生したよ。あれにはまった人ってオーラが出てるから、何しに来たのかだいたい分かっちゃう。楽しく仕事してたのが、あっと言う間に地獄に突き落とされてさ。だから穴ぼこって魔物みたいなもんだよ」

「でも三輪さんはすごいですよ。二年しかやってないのに、管理瑕疵も落ち着いて対応して」

「そうだよ、みんなで協力してやってね」

たったの一言。せっかく開きかけた幕をストンと落とされた気分。私は三輪さんの話をあきらめた。

「ここの用地課どうです？」と私は聞いた。

「予算に振り回され過ぎだな。新規事業の予算がポッと付けば、その消化にやっきになって、付かなければ、交渉中のとこでも中断しちゃうんだから」

「それじゃあ、あまり楽しくないですね」

「出張所が特別なんだよ、あんな予算のこと考えなくていいのは。でもあそこは良かったわ、みんなの目標が一つで。買う方も造る方も」

「前田さんがいなくなって苦労しましたよ」

「それでも、後藤圭商事、契約できたなんてすごいよ。あっ、こ、この社長、怪獣だもん」


県庁に行っていた係長と三輪さんが、部屋に入ってきた。その姿は、ずっと以前から一緒に仕事をやってきたコンビのように見える。

二人が席に着くや否や、机いっぱいに書類を広げていた課長が頭を上げて、

「ご苦労さまでした。後で集まろうか」と告げた。

三輪さんはプリンターの前に立ち、係長は私の隣でじっと書類を見つめている。係長としての初仕事で緊張しているのだろうか。

しばらくして課長が立ち上がり、鷲野さんもゆったりとやって来た。三輪さんが資料を配り終えると、係長が硬直した面持ちで口を切った。

「……過失割合は天候、時刻、道路形状等を検証した結果で、これ以上でもこれ以下でもないそうです」

三輪さんが判例を説明する。どれも何割かの過失が事故者にあった。

「道路管理課は、この三番目の判例に似ていると言うんですが」

みんなが資料に見入った。

「これで行くしかないと思うけど、あの人は納得しないだろうね」と課長が寂しそうに言った。

「そもそも〝被害者に過失はない〟という人だから。どんな言い方がいいのかな」

相当な難物なのだ。しかし私はそれを知らない。なぜみんなは私が知らない難物を知っているのか。当たり前だ。みんなは先月ここにいて、私はいなかったのだから。

「繰り返し言うしかないでしょうね、〝避けられる可能性がある以上は、過失を問わざるを得ない〟と」

重々しい口調の鷲野さんは、課長の良きアドバイザーといった趣だった。

「それを言っても、〝自分は一割だ〟と言うし」と課長はぼやく。

「彼の主張は一種の哲学だからね、平行線なんだろうなあ」

「早速、アポ取りしますが」と言って、三輪さんは手帳を見つめた。

課長は手帳を掲げて、

「駄目な日言うね。金曜の午前、火曜の午前、水曜の午後かな。今のところ」

「僕もいいからね」と鷲野さん。

三輪さんは係長と手帳を確認し合って、「それで聞いてみます」と腰を上げた。彼女は自分の席に立った。

「はい、鈴木様の携帯……私……」

途切れ途切れに声が聞こえてくる。

「……そうです県庁の見解です……はい……」

三輪さんが急ぎ足で戻ってきた。

「明後日、八日の木曜日、十四時です。場所はここです」

課長は再び、机の上に書類を広げ、三輪さんはカウンターで待っていた来訪者の応対を始めた。

八

この日の朝礼当番は三輪さんだった。彼女は西M地方のA市で、ご主人と二人暮らし。飼い猫の話が出た。茶と薄茶のトラ、五歳の雌猫。

「どうしても猫を飼いたかったので、賃貸探すのが大変でした」と言った彼女は、少し照れていた。

朝礼が終わると三輪さんが、

「みなさんは、何か飼ってますか?」と聞いた。

係長は何も飼っていなかった。

「孫が出来なければ犬が一番可愛いだろうね」と佐々木さん。三輪さんは笑みを湛《たた》えて頷いている。

私は「今のアパートじゃ飼えないんだけど、昔から猫と暮らしてました」と答えた。

「僕は犬しか飼ったことないけど、猫もいいかな」と課長が口にした。

その途端、永井さんが椅子を回して、

「犬や猫なんかよりインコよ」

三輪さんがうれしげに、

「圭子さんとこのインコって大変らしいんです」

「そう、喉が嗄《か》れちゃったわ」

永井さんのインコ話が始まった。

お昼時、横山がロビーのソファーに座って、一心に携帯電話をなぶっていた。痩せた神経質っぽいこの男は私の同期で、前田さんの部下である。

「横山君」と私が声をかけると、うるさそうに顔を上げた。

「おう、久しぶりじゃん」

横山と私はソファーに並んで雑談した。何年ぶりかの会話だったが、気兼ねなくしゃべれた。

彼は当事務所二年目。西M地方のK市に住んでいて、通勤手段はJR。私より一つ年上で独身だそうだ。

「もし良かったら、今日軽くいかない？」と横山が言った。


建物の上の方がオレンジ色に染まっている。間もなく訪れる春の宵に浮き立っているのか、横山も長坂も足取りが軽い。おしゃれな長坂は、採用三年目、まだ二十四歳の好青年。ずっと用地担当で、彼も前田さんの部下だった。O市郊外から、毎日、バスで私鉄のO駅まで出てるらしい。

並木路、一人小さく見えるベージュのコートは、三輪さんだ。私たちは歩速を上げた。

「うまく行けば、追いつきますよ」と長坂が息を弾ませる。点滅する信号を駆けて、どうにか彼女に追いついた。

私は懸命に平静を装って、三輪さんの斜め後ろから「お疲れさまです」と声をかけた。振り向きざまのもの憂げな顔が笑顔になって、

「あら、お疲れさまです」

ベージュのコートの三輪さん。なんて素敵なんだろう。こんな女性と同じ島にいることがうれしくなった。

「今日は三人で飲みにでも？」

「そーなんです。彼、同期でして、ちょっと軽く行こうかと」と私が答えた。

「いいわね、今日はどこで飲むの？」

「駅ビルです」

三輪さんは頷いた。

彼女が一緒だったら……考えるだけで心が弾む。しかし彼女は重大な交渉を明日に控えている。申し訳ない気持ちがこみ上げる。私は言葉を探した。

「明日の交渉、本当に大変ですね。また落ち着いたら一緒に行きませんか」

三輪さんは微笑んだ。

「私、お酒まったくダメなんです」

彼女がいきなり遠くになった。……そんなことより少しでも励まさなくては、それが同じ島の人間のやるべきことではないのか。でも何を言えばいいのか分からなかった。

路面電車は混んでいたので、離れ離れに座った。斜向《はす》かいのロングシートに座る三輪さんは、目を閉じている、当たり前のように。そして私の心は穏やかではいられない。市役所前駅で車内

がいっぱいになって、三輪さんの姿が見えなくなった時、私の気持ちは弛緩《しかん》した。

エスカレーターでデッキに運ばれた。駅の方から人の群れが向かってくる。すり抜けるように歩くと、右手に自動ドアがあって、開閉を繰り返していた。四人はドアの前で挨拶を交わした。三輪さんの後ろ姿が、雑踏に入り交じって行く。

自動ドアの向こうは食料品売場。そこは駅ビルの二階であって、エスカレーターで下った一階が飲食店街だった。地下にも何かの店があるようだ。

九

斜向かいの長坂のコップにビールを注ぎながら、

「長坂君、前田さんと一緒に海に行ってるって？」と私は聞いた。

「僕はまだへたくそですよ」と言った長坂の目には、自信が揺らめき立っている。

「今度、一緒にいきませんか」

「是非、お願いします」ときっぱりと返ってきた。

私のウィンドサーフィン歴は、たったの三回。趣味といえるものではないのに、どうしても長坂のウィンドサーフィンが見たくなった。それが意味のない負けず嫌いのせいであることは、自分が一番よく知っている。長坂はビール瓶を両手に持って、ゆっくりと私のコップに注ぐ。

「お二人は同期なんですよね。よく遊んだんですか」

「新採研修の後で飲みに行ったぐらいだな。それ以降会ってないもんね」と横山が得意げに言った。「古川は同期の連中と今も会ってる？」

「たまにね。山崎とか安井とか」

「アンタは付き合いいいねえ」

横山の顔には、同期への無関心ぶりが浮かんでいる。彼が少し哀れであった。

「横山もウィンドサーフィンにいくかね。前田さんが教えてくれるよ」

「そんなのこいつに任せるよ。だいたい俺は海のニオイが嫌いなんだ」

彼の彼女が懇願でもしない限り、こんな偏屈な男が、砂浜で寝そべる姿を晒《さら》すことは、一生ないだろう。横山は言う。

「好きなものなんて簡単には見つからないね」

私は、彼の口から、いろいろなことを知った。三輪さんは私より五つ年上で、ご主人は他局の県庁勤務。青山さんは私より二つ年下の独身女性。管内のＭ町からＪＲ通勤だそうだ。

横山に注ぐと、また一本が空になる。もう、ほろ酔いなんて過去の話。メニューを手にとっては、「今度これいこか」と指をさす。

「長坂はもてていいよな。庶務の子、石黒はどうなった？」と横山がけしかけた。

「どうもこうもないですよ」と長坂は素っ気ない。

「それより、青山さん、どうですか」

「青山と一緒なら、もう少しやる気が出るんだけど、おまえじゃあな」

「申し訳ないです」

言いたい放題の横山、それを真に受けない長坂、二人は結構いいコンビなのであろう。

店員が容赦なくビール瓶を何本も持ってくる。顔を真っ赤にした横山が、

「ところで、こいつが本当に好きなの誰だか分かる?」と長坂の肩を小突いた。

ロレツが回っていない。横山は酒に弱いのか?

「三輪のことが好きなんだよ」

驚く。この席で三輪さんという言葉の後に、好きという言葉を聞くとは思ってもみなかった。

私の知らない月日は、謎だらけだ。

「そうなの?」と私は聞いた。

「時々寂しそうなのに、気が強いとこがいいんです」

少し照れながら言った長坂の言葉は、的を射ていた。

「ところで古君や、キミはとっくに惚《ほ》れちゃったんじゃないでしょうね」

横山の目は閉じている。こんな泥酔者が何を思おうが構わない。

「まあ、これは言うなれば、穴ぼこを避けられるかどうかの問題だね。オレは避けることはできなかったということじゃないかな」

「なんじゃそれは」


私は横山の腕を肩に回してJRのホームに下りていった。人けのない寒いホームに、ガラガラの電車が停まっていた。よたよたと横山が入っていく。

彼は座席に着くなり、首を横に傾け、目を閉じた。電車は当然のように動き出し、酔っ払いを運び去っていく。私はそれを長坂と一緒にホームから見ていた。

十

カウンターに中肉中背の中年男が現れた。

佐々木さんがすぐに立ち上がって、挨拶を交わす。課長と鷲野さんが腰を上げ、三輪さんは電話中、佐々木さんは席に戻って、机越しに係長に告げた。

「鈴木さんです」

課長が鈴木氏を会議机にお連れする。

係長と私が、自己紹介して名刺を渡すと、鈴木氏は軽く会釈した。端正な顔立ちに紺色のブルゾンを羽織って、一見、どこかの会社の専務さんといった雰囲気である。氏はキャビネットを背に、手早く椅子を引いた。

係長が、

「先般、県庁の道路管理課なのですが、見解を確認してきました……」と切り出した。

無表情に淡々と語る口調に少し驚いた。彼はずっとこのスタイルで、長年の業務を乗り切ってきたのかと。

係長の説明が終わった。課長が「これが限界なんです」と頭を下げた。

「まあ、予想はしてましたけどね。何度も言うけど、なぜ公道に穴があるのですか。お金があろうがなかろうが、安心して走れるようにしておくことがあなたたちの義務でしょう。その義務を放り投げて、はまった人に偉そうに過失を問うのはおかしいでしょう」

辛辣な言葉だ。先月、課長たちに降り注いだ槍のような言葉が、私に突き刺さった。

三輪さんがA4用紙一枚の判例資料をゆっくりと机に置きながら、「また判例の話で恐縮ですが」と言いかけると、鈴木氏は資料に見向きもせずに、手を横に振り、「そんな話は前に聞きましたよ。私は私です」と嘲笑した。

それでも三輪さんは、「前回とは違う判例ですのでお聞きいただきたいのですが」と話し始める。鈴木氏は虚ろな目を下に落とした。

この日、何を言っても鈴木氏の主張は変わらなかった。

「県庁の方にお会いさせてください」

見透かしたような鈴木氏の眼差しが、私たちを追い詰める。

「どこであっても、お話しできることは一緒です」「示談のお話は事務所が責任持ってやりますので」課長が、何とか押しとどめようとしても、鈴木氏に聞く耳はない。

課長は三輪さんの方を向いて、

「県庁の都合を聞いてくれませんか」と寂しそうに言った。

三輪さんはすっくと立ち上がり、またもや立ったまま、受話器を握った。

「担当が本日不在なので、後日、日程調整させてください」と三輪さんが詫びると、課長は深々と頭を下げた。

鈴木氏は冷ややかな表情を浮かべて、天井の方に目を向けている。

私は妙な心持ちだった。容姿も立派な鈴木氏を、ここまで駆り立てるのは一体何なのか。東北ではどういう暮らしをしていたのだろう、家族はいるのか、また帰るのだろうか。

「それでは今度は県庁で」と言って、鈴木氏は腰を上げた。

木製扉がバタンと閉まった時、三輪さんの眼差しは悲しげだ。痛いほど分かる。彼女とて、簡単には了解は得られないと思っていたはず。それでも私たちはわずかな期待を持って、交渉に臨む。

「みなさんお疲れさまでした」と労《ねぎら》った課長は、少し憔悴《しょうすい》していた。鷲野係長は始終黙っていた。それでも、堂々とした彼の姿態は心強かった。

「本課の人たちに怒られるだろうね。説得するのが事務所の役目じゃないかと」

課長はこう言うと、タバコを吸うしぐさをして、勝手口に向かった。係長が付いていく。

十一

週末の夕暮れ、私の心は落ち着かない、〝内山君が帰ったら、三輪さんと二人きりになる〟〝私は帰るとき、一人なのか、それとも……〟の堂々巡り。

三輪さんが机を片付け出した。そして私の方を向いて、

「まだ、やっていきます？」と聞いた。

「いやもう帰ろうかと思ってます」

「一緒に帰りましょうか」

ドキッとしてしまった。

三輪さんは部屋を出て行った。

私は机を片付ける、ソワソワ感に覆われて、手の赴くままに。内山君は、石像のように机にかじりついている。

ロビーに出た。初めて壁のチラシを読んでみた。送電線……離隔距離……アース、何のことやら。

通路からベージュのコートを纏《まと》った三輪さんが出てきた。もう鼓動が収まらない。

薄暗い銀杏並木の歩道は、やたらに狭い。

「どう？　ここの仕事は」

私に向けられた三輪さんの眼差しに、我を忘れそう。

「まだよく分かりませんが、とにかく頑張ります」

三輪さんはクスッと笑った――よかった。

私は桜の話を始める。それはさっきロビーで閃《ひらめ》いた、お城のあるO公園の桜。土曜日に、一人散歩がてら見に行った。

「いいなあ。ほんとにあそこはきれいです。石垣とか石段がアクセントになってて。お濠《ほり》もあるし」

「絵にはもってこいの場所ですよね」と私は言った。

「実は昨年の春、お城に行ったんです……。ほとんど散っていて、水に浮かんでいる桜を描いたんですが、うまく描けませんでした」

はにかんだ声が私の胸を熱くする。

「確かに難しそうですね」

私はお濠の橋の欄干にスケッチブックを置いて、描き続ける三輪さんの姿を想像した。彼女に目をやりながら通り過ぎる大勢の人たちを想像した。歩行者信号のボタンを私は押したのだろう。

「自分が感じたことを絵に表したいなと、いつも思ってるんですが、なかなか難しくて」

私は頷くだけだった。もっと三輪さんのことが知りたい。

信号が青になった。私たちは歩き出す。

思い切って聞いた。

「三輪さんの実家はどちらなんですか」

「大分です」

「遠いですね。I県にはどうして？」

「父がI県の会社に勤めてたんです。それで私が大学の時に、家族みんなで暮らすことになって……。それで私もI県に入ったんですが、事情が出来て、私以外、大分に帰ったんです」

ショックだった。なんて遠いんだろう。

「大分にはご両親が？」

「ええ、父も母も。それに弟がいます」

「そうですか」

三輪さんの目元を見た瞬間、何も言えなくなった。はっきり見えずとも、底知れぬ寂しさを覚えてしまう。三輪さんにはご主人がいる。でもそのご主人以外、一体誰が彼女を守ってくれるんだろう。

「一人暮らしは大変でしょう？　コンビニ弁当ばかりじゃ体によくないわよ」

突然の三輪さんの言葉に動揺した。大した一人暮らしではないのだから。

「実家が近いんで、正直一人暮らしといってても甘えてます。時々親からの差し入れもありますし、たまには自炊もしてます」

偉そうなことを言ってしまった。でも炒飯《チャーハン》なんかは何度も作っている。

「そうなの。何か得意料理はあるの？」

「いっとき炒飯に凝ってまして、食べ過ぎで三キロ太りました、あっと言う間に」

「炒飯って美味しいから、つい食べ過ぎちゃうわね。でも何か変わったものでも入れてるの？」

「ウェイパァーです」

「それ聞いたことあるわ、魔法の調味料っていうのでしょ」

「そうです、魔法なんです。驚きの炒飯になります」

「今度、使ってみようかな」

「是非」

「それより古川君の言い方に驚いた」

「絶対美味しくなりますから。食べ過ぎますけど」

三輪さんは笑った。

「なんだか楽しそうね」

路面電車のホームに、五、六人が狭苦しそうに立っていた。私たちは信号を渡り、斜めにレールを横切って、彼らの後ろに付いた。

「もっと実家に近い所に転勤になれば戻るつもりです」と私は言った。そして父がいないこと、母が一人暮らしであることを話した。

「お母さんを大事にしないといけないわね」

ゴトンと、巨大な音とともに、ショーウィンドーのように明るくて大きな電車が、目の前に覆い被さった。ステップを上がって、三輪さんの隣に座る。いいのだろうか。対面の車窓に三輪さんの姿が映った。

チンチン、三輪さんの顔、ベージュのコート。それ以外は何も見えない。

「三輪さん、猫の名前は？」

「チャコです」

「ピッタリですね」

「いいでしょう？　黒くても白くてもチャコかもしれないけど……。でもチャコって、お転婆でいたずらばっかり、とっても世話がかかるし……。古川君とこの猫ってどうだったの？」

「猫って外で何してるか分かんないですよ。放し飼いだったんで、野良と喧嘩して傷付けられて……。その傷口から病気になったんです。病院連れてったんですがダメでした」

「そうなんだよね、私も高校の時の猫がそう……。弱いくせに喧嘩して、よたよたと帰って来るんだから」

人混みの通路を二人で歩く。自分が借り物のよう。

改札口をくぐった。私は三輪さんの後ろから「お疲れさまでした」と声をかけた。

すると三輪さんは、人の流れに抗《あらが》うように私の方に体を向き直し、「お疲れさまでした」とにっこりと会釈してくれた。

ベージュのコート、それはすぐにＪＲ線の階段に消えた。

私は、自分の足取りが危なっかしいのを感じつつ、私鉄ホームへの階段を下りていった。

電車に乗っている時だけではない。夜道を歩いている時も、冴え渡る目で暗い天井を見つめている時も、朝が来て歯を磨いている時も、洗濯機に服を入れている時も、うれしさに私は包まれた。

窓硝子に黄昏が訪れる頃、歓喜のヴェールは既に剥がれていた。別れ際の彼女の笑顔が現れて、謎がやってくる。

なぜ、私を誘ってくれたのですか？　なぜ、笑ってくれたのですか？　ご主人はやさしいですか？　幸せですか？


週明けの日の朝、私の斜め前に座った三輪さんは、涼しい顔をして中日本電力の斎藤さんに電話を掛けていた。係長が申請書の内容を尋ねれば、明朗に説明し、私には、「それなら向こうのキャビネね」とファイルの場所を教えてくれる。そしてお昼には、永井さんたちと談笑していた。

第二章

一

朝から課長と係長が県庁に行っているこの日は、午後から非常配備の説明会があった。

主催は維持課で、昼休みに私たちは説明資料を、三階の大会議室まで運んだ。夏目係長と佐野さんが、黙々と机の並べ替えをやっていた。夏目さんは上司でおまけに好男子なのに、永井さんにどことなく遠慮しているのが不思議である。

大会議室に大勢の職員が集まっていた。あちこちで、私の知らない者同士が言葉を交わしている。我らが先生、鷲野、夏目、本田、永井の四人が、説明者側に座っている。神妙な顔をした永井さんは、借りて来た猫のようだ。

説明会は明日もあって、T土木事務所の職員は、どちらかに出席することになっていた。たくさんのクリーム色やグレーの作業着に交じって、背広を纏った恰幅《かっぷく》のいい背中があった。白髪のオールバックの男、所長だった。

課長と係長が慌ただしく入ってきて、課長が冒頭の挨拶を始めた、大きな声で。エネルギッシュな人なのだ。

大雨や洪水や高潮の注意報、暴風や波浪の警報、これらの気象予警報が発表されると、非常配備体制が敷かれる。この時、私たち職員は、雨量や河川の水位を監視する。そして、その値や現地の状況に応じて、道路を通行止めにし、関係機関への連絡を行う。台風の接近時は、水門や防潮扉の操作を市町に依頼し、強風で街路樹が倒れたときには、すぐに撤去の手配をしなければならない。

勤務時間中の非常配備は、維持課の職員が行い、夜間・休日は、すべての職員が三人一組の班に割り振られ、輪番で配備に就くことになっていた。

今までの職場で、私は何回も非常配備に就いた。しかしそれは、一夜が過ぎ去るのを待っていただけなのである。非常配備のマニュアルに書かれている事態にならないことを念じながら、朝になって、維持課の職員が出勤さえすれば、後は彼らに任せればいいと。

夏目係長が、

「それでは、洪水時の河川水位の監視についてご説明します……」と話し始めた。

「テレメーターでの水位観測局はご覧の河川でして……なお、主要な河川の水位は、維持課の壁に掛かっている水位表示計でも分かります」

アナウンサーのように澱《よど》みのない語り口。いつもは貝のように黙りこんで存在感が希薄な夏目さんとは、爪を隠した能ある鷹なのだろうか。

「台風接近時は、水門や防潮扉の操作状況を県庁に報告することになりますが、その施設はご覧のとおりで……」

続いて本田さん、少し硬そうだ。

「別表一の道路は基準雨量に達すると通行止めにしなければなりません……別表二のアンダーパスは冠水が十センチになれば通行止めです……」

流暢《りゅうちょう》とはいえない語り口、それでもみんなに理解してもらいたいという気持ちが伝わってくる。

「通行止めをしたときの連絡先は……冠水や被害が発生したときの業者への連絡先は、別表三のとおりで……」

二人の話は、新規採用者や他局から来た人にとって、聞き慣れない言葉の羅列に聞こえるかも知れない、他の職員からすれば、年に一回の定期講習のようなものだろう、全てを覚えるのは、誰もが大変なのである。やはり質疑応答の時、何人かが挙手をした。

「やることが多いですよ。前にいた事務所より多い。配備に就いていて分からなくなったら誰に聞けばいいですか」

「台風でも来ない限り、そんなには多くないはずです。でも分からなければ、道路でしたら私か鷲野係長に、河川や港でしたら、夏目係長か永井さんに連絡下さい」

本田さんの言葉には誠意を感じる。決してその場を取り繕うというものではない。

「夜中や休みの日でもいいんですか」

「結構です」

説明会が終わるや否や、所長はさっと立ち上がり、無言で退室していった。

大勢の職員が、肩を揺らしながらダラダラと階段に向かう。その姿は、何かの動物の群れを彷《ほう》彿《ふつ》させた。

引き寄せられるかのように、私たちは会議机に集まった。

「鈴木さんはぶれないいね」と課長が口を切る。

「ここでと同じこと言ってたね。道路管理課の人もなす術《すべ》なかったよ。本人は裁判も口に出してた。そこまでするような金額じゃないと思うんだけど、彼はお金じゃなくて信念だからね。分かんないね……」

彼はかけ離れた世界、私たちとは隔絶した世界に行ってしまったのかもしれない。

「これからどうなりますか」と鷲野さんが聞いた。

「向こうさんの出方を待つしかないでしょう。示談に応じてくれればそれでいいし」

三輪さんは何も語らない。私は現状を呪った。それはみんなが苦しむだけの無為の時間、当てもなく天からの恵みを待つようなものではないか。出張所長の言葉を思い出す、「その件は本課の方針が出てから検討しよう」

つくづく感じてしまう、年輩者はなぜ、こうも待つことに我慢ができるのだろう。

「三輪さん、ほんとお疲れさまでした。私らがやれることはもうないから気にすることないよ」

課長の労いに、彼女は寂しそうに頷いた。――彼女は言っていた、〝未解決事案を背負うことは仕方のないこと〟――やりきれない。


終業後も何人かが残っていた。

「まだ、みなさんやられていきますか」と三輪さんが顔を上げた。

「ええ、ちょっとやっていきます。遠慮せず帰ってくださいよ」

やさしい口調でこう言った係長の机の上には、書類が山積みになっている。私や三輪さんや佐々木さんが回した書類である。係長は仕事が丁寧だから、見終わるまでには相当な時間がかかるに違いない。

三輪さんは書類を机の引き出しに入れて、ゆっくりとパソコンの蓋を閉じた。そして机の下からバッグを取り出し、「お先に失礼します」と会釈した。

机に、主がいなくなったフラットファイルやチューブファイルが整然と並ぶ。

資料探しに、窓際のキャビネットに近寄ったら、門から一緒に出ていく三輪さんと青山さんの後ろ姿が目に入った。

二

青色フラットファイルに綴じられている『道路法等申請業務概要（申請者への説明用）』。

このA4サイズの用紙は、あの年の四月一日、私の机の引き出しに入っていたものだ。少しかすれた文字、用紙に散らばるブツブツからして、ずっと昔に、ある担当者が作成したのだろう。

管理第一係は、管理瑕疵よりもここに書かれている業務の方が、量的にははるかに多かった。

私たちは毎日のように「申請書」を受け取った。申請書は、管理係の書類の審査と企画係の技術的審査を経た段階で、補正すべき事項がいくつも出てくる。これらの補正を申請者に依頼して、補正を完了させるまでに時間がかかった。それが済めば、決裁をとって、許可書や承認書の交付となる。


『道路法等申請業務概要（申請者への説明用）』

【道路占用許可申請書】

「電柱や電話柱、水道管や下水道管、電線やガス管、看板などを道路に設置したいときは、道路管理者の許可を受けなければなりません」

【乗入工事申請書】

「歩道に自動車の乗入口を作りたいときは、道路管理者の承認を得なければなりません」

【特殊車両通行許可申請書】

「制限値※を超えた車両（特殊車両）が公道を通行する場合は、道路管理者の許可を得なければなりません」　※幅２・５ｍ　高さ３・８ｍ　総重量20トン等

【境界確定申請書】

「沿道の土地と道路敷地との境界を確定したいときは、その沿道の土地に接する区間の道路巾を測った『仮測図』を作成のうえ、申請書を提出してください。後日、現地で立会を行います」

月日が経っても残されていく書類がある。道路占用許可申請の書類であれば、占用物件が道路に在る限り、保存され続ける。昔、井上さんが作成したものも、三輪さんや佐々木さんが作成したものも。そしてあの年、私が作成したものも。

私はガス管を延伸するための道路占用許可申請書を、受け付けた。

当初にガス管を設置するときの申請書を確認しようと、『ＴＫ市　野々宮街道　占用許可（岡部ガス）』のチューブファイルをめくっていった。

起案者　井上幹夫　起案日　一九九〇年……

「ここにも係長が作成した文書がありますね」

係長は手を休めて、書類を覗き込む。

「一九九〇年といえば、私が一年生の時ですね」

佐々木さんが係長の方を向いて、

「一年生の時の書類って、結構覚えてるんだよね。見るのがちょっと恥ずかしいけど」とうれしそうに言った。

かすれた申請図面に触れながら、係長は顔をほころばす。

「そうですねえ、この申請図面、何となく記憶があります。よく分からなくて起案しました」

佐々木さんは腰を上げ、「そこの決裁欄に誰がいます?」と聞いた、あたかも地元の史家といった趣で。

「課長が神谷さんで、係長が木下さんですね」と係長が答えると、「あーあー」と佐々木さんは頷いて、「木下さんね、あの人は幸せな人だわ。ゴルフが好きで、毎週ラウンドしてたね」と懐かしむように語り出した。

「シングルだったから、所長の先生で。だから所長も何も言わないし。野球も上手くてスポーツ万能。ピッチャーやっててね、すごいカーブ放るんだよ。見た目もいいから女性にも人気があって。なんでこんなに恵まれてんだと、正直、妬《ねた》ましかったね。好き勝手にやって、仕事は適当でも、給料は一端《いっぱし》にもらって」

「私は最初の年だけお世話になったんですが、今から思うとサバサバした人でしたね」

「あの人は間違えて役所に入ったんだよ」

「今も元気なんでしょうか」

「どうだろう、退職してからは、ずっと会ってないから」

三

この日は大雨で、執務室は寒かった。みんなが肩を震わせている。

「寒いわね、靴は濡れるわでやってられないわ」と永井さんが愚痴をこぼした。

「圭子さんも私みたいな長靴、履かなくっちゃ」

「そんなのアンタが履くから様になるの。私が履いたら長靴を履いた猫じゃなくて何だろうね」

見れば、三輪さんは茶色のレインブーツを履いている。

朝礼当番の石井さんが、〝雨の日は、足の骨折の跡が、うずいて困る〟と自慢げに言ったのには、私の口元もほころんだ。

私は体が怠《だる》かった、頭痛が治まらない。偉そうに開いた法律の解説書は、さっきから同じ所を繰り返す。

「諒君」と三輪さんの声がした。

顔を上げたら、少し垂れた眉が目に映った。

「体調悪いんじゃないの？」

「ちょっと頭が。風邪ですかね」

永井さんが椅子を回して、私を見つめた。

「ほー、確かに顔色、悪い」

「熱はないから大丈夫です」

「いいものあげる」

永井さんは机の引き出しから何やら取り出した。

「漢方よ、早く治しなさい」


柱の丸時計は何回見上げても歩みが遅かった。雨がしつこく降っている。

「この図面、縮尺の記載がないなあ」と係長が突然呟《つぶや》いた。

「ちょっと見せてもらっていいですか」

係長は申請書の図面を広げたまま、三輪さんに渡した。

図面を凝視する三輪さん。三角スケールを当てた。

「計算で出せます」

係長が覗き込む。私は手を動かしつつ静かに聞くことにした。

「ここに十五・六メートルの距離が表記されています」と三輪さんは始める。

「この図面の縮尺は、凡そ二〇〇分の一ですので、そのスケールで読むと……」

三角スケールを当てながら、

「ちょうど十五メートルです……。ですから十五・六割ることの十五で」

彼女は計算機を叩いた。

「一・〇四……、この図面を一・〇四倍したものが、二〇〇分の一の図面になります」

「うーん」と係長が唸った。三輪さんは続ける。

「縮尺は、二〇〇に一・〇四をかけて……」

雨の日の執務室、三輪さんの声が心地よい。

「二〇八、これは二〇八分の一の図面です……。これでは変ですので一・〇四倍、一〇四パーセントの拡大コピーで、二〇〇分の一の図面に直した方が、いいかと思います」

係長が「うーん」とまた唸った。

夕方、係長が私と三輪さんをT駅まで送ってくれた。白のカローラ・セダンだった。

四

かつて私たち家族は、TD市内の大きなアパートに住んでいた。近くに公園――ずっと後になってからとても狭いことを知った――があって、父と兄と野球をした。ビニールのボールにプラスチックのバット。コンクリート階段を上って鉄の扉を開けると、母が聞く。「今日はどうだった?」父が「諒も結構、当たるようになったな」と言った途端、「ダメだよ、あんなんじゃ」と兄が叫んだ。

父は私が小学四年の時、TD市の郊外に戸建ての住宅をつくった。小さな家でも子供部屋は二つあって、大きい方が兄のものになった。兄の部屋から『色・ホワイトブレンド』の曲が聞こえていたのを覚えている。

買い物の時は、家族みんなで紺色のカリーナに乗って街まで出かけた。

家に帰ると、母が「しまったわ、ポン酢買うの忘れちゃった」と、よくそんなことを言っていた。父が「醤油とみりんと酢とレモンがあれば大丈夫」と言ったら、母が「レモンこそないじゃない」と笑った。

私が高校一年の時、父は突然の病で亡くなった。三つ上の兄が喪主を務めた。母は再婚せずに、二人を育ててくれた。

私は〇土木事務所に転勤した年から、〇市内のアパートで一人暮らしを始めた。翌年、兄は結婚して、街中のアパートに引っ越した。

母のことは気懸りだった。しかし私は、役所にしっかりと伝えなかったからか、さらに遠い勤務地を告げられたのである。

あの頃、母はよく私のアパートに来てくれた。母が務めていた図書館が月曜日休みだったので、母が来るのも、大抵月曜日だった。

防犯灯に照らされた雨粒が、白のヴィッツに降り注いでいる。運転席に、後ろ姿の母の輪郭があった。ガラス越しに黙り込む母の横顔。私に気付くと、ドアが開いた。母がリアの荷室からレジ袋を取り出して、私が傘を片手に受け取った。タンタンタンと母を後ろに鉄製階段を上る。

冷蔵庫の前にレジ袋をドサッと置いて、中を覗けば、鶏肉、牛乳、チーズ、お米、野菜などなど、しばらくご無沙汰していた食材に心が和む。母が冷蔵庫を開けた。

「やっぱり牛乳買ってきてよかったわ」

私が冷蔵庫に食材を詰めていると、

「今度のとこはどんな感じ？」と母が聞く。

「みんないい人ばかりでよかった。ほんと、替わってよかった」

「よかったね。でも今までみたいに寝坊はできないね」

「終点だから寝ていけばいいからね」

冷蔵庫の扉を閉めて母を見た。馴染《なじ》みの黒いセーターを着て、ソファーに座っている。

突然、母が言った。

「諒君、あんた風邪でも引いたの？　変な顔してるわ」

「ちょっと頭が痛いんだわ」

「熱はあるの」

「ないと思うよ」

「慣れないとこだから無理しちゃうのよ。養生しないと。しっかり食べないとダメだからね」

母の目の前のローテーブルに、いつもの、私のために作ってくれるお弁当が並んでいる。

私は、クローゼットからペットボトルのお茶を二本引き抜いた。カバンから体温計を取り出して脇に当てながら、弁当箱の白い蓋を開けた。鶏のから揚げとたっぷりの野菜炒め。

「今日も野菜多いね」

「野菜食べないと、治らないわよ」

「結構、食べてるって」

ピピッ……

「やっぱり熱はないね」

「何度？」

「六度七分」

箸をつけつつ、母は私の従弟のことを話し出した。彼はこの春、板前さんになっていた。

「ほんと、あの子は小さい時から嫌と思ったことは、絶対やらなくてね。でもよく努力したと思うよ」

「やっぱり普通じゃない方がいいんだって。オレも、この子大丈夫かと思ったもんね。呼んでも返事しないいし。でも、好きなことがやれてよかったじゃん」

「あんたたちは、好きなことができるとは限らないから大変ね」

母が来てくれたことが、うれしかった。体調が悪くても、ちゃんと食事ができて、何より母の前では体裁を繕う必要がない。

あの頃、私たちは、年に一、二回の家族旅行を楽しみにしていた。兄も結婚するまでは一緒で、美《うつくし》ケ原《がはら》は三人で行った最後の旅行になった。三月に行った京都は、母と私の二人きりだった。

そして母はお祖母《ばあ》さんになることを願っていたはずである。

五

私もようやく仕事の段取りが分かったような気になっていた。

様々な設計士や行政書士が、乗入工事申請書を持ってくる。長身でやたら調子のいい口調の中年男やら、やさしそうな目をした小柄なお爺さんやら、強面《こわもて》で脂ぎった三十ぐらいの男やら。

私と三輪さんは残業して、黙々と書類を捌《さば》いていた。

「あなたの乗り入れ申請って何か問題あった?」と三輪さんが口にした。眉をひそめたお得意の顔をしている。

「特にないと思ってますけど」

「いいなあ、私の方は難有りです。交差点の中にどうしても作りたいと言われちゃって」

口を尖らせる三輪さんは、かなり不満げだ。

「揉めてましたね」

「そうなの、他のとこ引き合いに出すから。〝あそこの乗り入れはどうなんだ〟と」

三輪さんは悩んでいた。私は許認可事務の嫌らしさを垣間見た。ひとつの許可や承認は、後々まで前例となって、時としてはるか昔の先輩を恨むことになる。

「素朴な質問いいですか」と私は三輪さんに聞いた。

「どうぞ」

「なぜ、乗り入れ口は道路施設なんでしょう」

彼女は手を休めた。――目を据えてじっとしている、考えてくれているのだ。でも変な質問なのだろうか。

「それはですねえ、乗り入れの工事は、誰がやっても道路の工事だからです」

……よく分からない、私は首を傾《かし》げた。

クスクスと三輪さんは笑い出す。

「答えになってないわね」

私は申請書の図面に目を向けた。コンビニに入るための乗り入れ口、道路施設というよりコンビニの施設ではないのか。

「乗り入れ口って……」

さっと彼女に目を向けた。

「それも、歩道の一部なのよ、車が横断できる。だから誰が作っても道路施設。それに道路施設として、壊れたときは、私たちがちゃんと修繕して、車も歩く人も安全ってことじゃないかしら」

自分自身を納得させるかのようなゆっくりとした口調だった。腑《ふ》に落ちた。

「確かにそうですね」


ある日の夕方、駅ビルの地下で買い物を終えた私は、上りエスカレーターに乗った。

焼き鳥のショーケースを覗いている小父《おじ》さん、小母《おば》さん。リュックを背負って制服姿でぶらつく女子学生。トレイとトングを持ってパンを物色する若い女性。食料品売場は、勤め帰りや学校帰りの人たちの解放感に満ち溢れている。

何人かの女性の中に三輪さんの横顔が目にとまった。彼女はお惣菜売場のショーケースの前にいた。雑貨店の紙袋を提げていて、どこかのOLさんみたいだ。

私は声をかけた。

「お疲れさまです」

三輪さんは私を見るなり、目を丸くして、

「まあ……お疲れさま」

三輪さんに声をかけられるなんて、つい一月前なら、どこで彼女に会おうができるはずもなかったこと。このたくさんの人の中で私だけ、ふんわりと優越感に包まれていく。

「どれもみんなおいしそうですね」

若い女性店員がお惣菜を秤《はかり》に載せていた。三輪さんのだろう、何品かあるようだ。ちょっと、三輪家の食卓を覗き見した気分である。

「ボクも買っていこうかな、何がいいんでしょう」

「そうねえ、魚でもお肉でもいいんだけど、私は、これがおすすめかな」

と三輪さんは、お惣菜を指さした。

ケースの片隅にこんもりと盛られた殻付きの海老、初めて見るような。三輪さんは、こんなものを口にしているのか。

「これって、一人だと何グラムがいいんですか」

「うーん、あなたなら五十グラムなんて軽いかな。でもそれよりもっとバランスよく食べなくっちゃ。野菜だって美味しいから」

私はショーケースに目を向けた。光に照らされたお惣菜は、どれもが色とりどりの食材が混じり合い、何かしらオブジェのようだ。お惣菜の袋が三輪さんの手に渡る。

「すいません、この海老一〇〇グラムと……、これを五十グラム下さい」

私のお惣菜が秤に載っている時、私のそばには、いくつもの袋を提げた三輪さんがいた。

六

日に日に陽射しが強くなっていく。私たちは間近に迫るゴールデンウィークに、少し浮き立っていた。

そんな頃、大柄で痩せた年輩の男が「境界確定申請書」を持ってきた。場所はM町の八木街道、私にとって初めての境界確定申請だった。男は地主の依頼を受けた土地家屋調査士である。

申請書には「仮測図」が付いていた。

「この仮測図は、道路用地を買収した時の測量図と整合してますか」と三輪さんが聞いた。

調査士は「その当時の測量図は、古くて当てになりませんよ」と言って、カバンの中からファイルを取り出した。調査士がファイルをめくると、測量図が綴じられていた。

「これが買収した時の測量図です。ここの用地課にコピーしてもらいました」

それは確かに古かった。数字がかすれて、寸法がはっきり読み取れない所もある。私が口を出す。

「杭《くい》はありますか、現場はどうなってますか」

出張所にいた時、何度も境界立会いを経験していた。だからついつい前のめりになってしまうのだ。

「もともとこの道路は、一メートルぐらい盛土して造られました。なのでここにも昔は斜面があって、その斜面の端が境界なんでしょう。ところが地主さんが、自分の土地を道路と同じ高さまで嵩上《かさあ》げした時、斜面も同じように埋めちゃったんですな。だから見た目ではどこが境界なのか分かりません。少し離れた所に杭はあるようですけどね」

調査士のしゃがれた声は自信に満ちている。日焼けした顔に刻まれた無数の皺が、長年の経験と勘を表しているかのようだ。

境界確定の目的は土地の売却だった。申請地の登記簿面積は三〇〇平米。

「仮測図どおりで決めてもらえば、登記簿面積は確保できますから」と調査士は言った。

古い測量図は当てにできないのか。とにかく現場を見ないことには、机上では何も分からない。私はそれを出張所で学んだのだ。境界立会いは、四月末日に決まった。


クリーム色の作業着と白色の運動靴。私の隣、助手席にグレーのつば広ハットを被った三輪さんが座った。初めての二人だけの公用車。

「私がナビやるわね」と言って、三輪さんは私の膝の上の地図帳を引き取った。

バンは幹線道路をゆっくりと進んでいた。

たくさんの車の中の一台の白いバン、そこに二人は乗っている。三輪さんは膝の上に地図帳を広げて、まっすぐ前を見ている、私も見ている。そう、今二人はこの空間を共有している。ありふれたダッシュボードに、ありふれた景色。橋があって、営業所があって、お店があって。

しかし、これは偶然がもたらした出来事、それも一時の出来事にすぎない。たまたま仕事が一緒になったから、こうなっただけのこと。

これ以外の時、それぞれが、別の世界に生きている。

「ゴールデンウィークはどこかに出かけます?」と私は聞いた。

「特に決まってないの。どうしよう、あなたはやることいっぱいあるよね」

「やることなんてないですよ。三輪さんは絵を描きに行くとか……、打ち込むことがあってうらやましいですよ」

「私ね、そんな打ち込んでなんていないのよ」

戸惑った、得体の知れない言葉に。

「たまに描くぐらいがいいかもね」

「そうかもね」

彼女はささやいた。

私はずっと想像していた。画紙を凝視してひたすら鉛筆を動かす三輪さんを。それが打ち込んでないなんて。私は彼女のことは、何も知らないのだ。私は聞いた。

「近場だと、どこかいいとこあります?」

「……そうねえ」

未知の世界を感じる。それがどんな所であろうとも。

「S島って知ってる? 私、好きなんだけど」

「M湾にありますよね。行ったことはないけど」

名前だけだった島が、あこがれの島に一変した。三輪さんのほころんだ口元から言葉が溢れそう。

「S島ってね、道が迷路みたいで迷子になっちゃった」

彼女の話しぶりは、時々ポーンと飛躍するのだ。あたかもワンシーンを切り取ってきたかのように。

「……猫がいてね。私が声をかけると、こっちを向いてニャアと返事してくれるの」

「猫って、猫好きな人が分かるから」

「でも、近寄ると、逃げられたわ」

「そこが、猫なんですよね」

「せっかくだから海見ようと思って林の中の道を行ったんだけど、ちょっと怖いなと思ってたら、海が見えて……」

私には彼女が語っている状況が、よく分からない。

「……それでね、もう一度戻って、しばらく海岸を歩いていくと、学校があって、小学校と中学校が一緒の建物だったわ」

冒険島にでも行ってきたかのようだ。

「船を待ってる時、高台から夕陽がとてもきれいだった。空が広くて……」

三輪さんは、ちょっともの憂げだった。夕陽に照らされる彼女の頬が、脳裏に浮かんだ。

「彼女が出来たらS島に行ってきます」

思わず口走ってしまった。

「もうすぐじゃないの」

「いやいや」

家族と行ったH島の話を思い付く。それは私の宝物。

「茹蛸《ゆでだこ》食べに行ったんです。一人二本ずつだねって言ってたら、出てきた蛸、足が七本だったんです。店の人、自信満々に〝この蛸、元気だから自分の足食べたんですよ〟って。結局母が一本になって」

三輪さんは笑いながら、

「あなたって、不思議ね」


私は全く知らない景色を見ていた。

「ところで、この道って合ってますか?」

「違っちゃった?」

車を路肩に停めて、「ちょっといいですか」と地図帳を引き取った。

「うーん、一本違ってますよ。きっと」

「そうなの、ごめんなさい」


のどかな景色である。田んぼや畑やビニールハウスに囲まれて、パラパラと家屋が点在していた。膝の上の地図帳に目を凝らす三輪さん。遠くにオレンジ色の野立看板が見える。

「もう少し行くと、左に大きな家があって、そのちょっと先じゃないかしら」

家に近づくと、男が二人——一人は調査士だ——立っているのが分かった。野立看板は、酒店の看板だった。バンが空き地に乗り入れた時、ゴリゴリと砕石を潰すような音がして、男たちが頭を下げた。空も遠くの山並みも霞《かす》んで見える。

私が荷台から二本の赤白ポールと巻尺を取り出して、三輪さんが、測量図のコピーを挟んだバインダーを手に取った。

小柄で穏やかな顔をした白髪交じりの男が、地主だった。

「何とか仮測図のとおりでお願いします」と地主が言った。〝なんとか〟とは、用地担当の時によく聞いた言葉である。「なんとか、もうちょっと……」

申請地の中に、倉庫が建っていた。鉄板の外壁、屋根はアスファルトルーフィング。

「どこに杭が残ってますか」と私は調査士に聞いた。測量図が杭と合致すれば、それがどんなに古くても信じていいはずである。調査士は、「二十メートルぐらい向こうに一本だけあります」と答えた。

路肩を歩いていくと、草陰にコンクリート杭が見えた。私は杭の横に赤白ポールを立てた。

「道路の反対側、申請地の向かいにも一本、杭がありますよ」と調査士は言う。私と三輪さんは小走りに道路を横切って、調査士の老体も軽やかに移動した。

反対側の斜面は、もっと草が繁茂していて、調査士が「その辺りです」と指さした。赤白ポールで草を掻き分けたら、杭が覗いた。――同様にポールを立てる。

「杭と杭の距離は二十二メートルのはずですよ」

調査士は気だるそうだ。私がしたいことなぞ、お見通しみたいな顔をしている。

巻き尺で確認することにした。赤白ポールの上の方に巻き尺のゼロを当てて、それを三輪さんが両手で握り締めた。

「引っ張るからギュッと掴んでてください」

「はい」

私は左手に巻き尺を持って、道路を斜めに駆けた。スルスルスルと音を立てて巻き尺は伸びていく。

巻き尺を引っ張った。三輪さんが握っている赤白ポールが倒れかけてしまった。「すいません」と三輪さんは声を上げげた。調査士が一緒に赤白ポールを支えてくれた。

目盛りは、ぴったり二十二メートルだった。

測量図に三角スケールを当てた、目を凝らし。……TD市の町外れの田んぼ、私のフィールドが頭をよぎる。二本の杭の位置と測量図の二点が合致した。

私たちは車の横に集まった。無我夢中だった私は、三輪さんの顔を見た。泰然としている、あたふたする私を無言でたしなめているかのように。

「この測量図が正しいとすると、境界線が倉庫に当たってしまうんですよ」

調査士の言い草は、一種の倉庫守りのように聞こえた。

「こんな古いのを、どこまで尊重するかの話だけど」と調査士はこぼす。

古かろうと杭とは合致している。私は迷った。この測量図を押し通して良いものか。私は優柔不断な人間だ。それを三輪さんの前で晒すなんて絶対したくない。

「我々としては、古くても尊重してもらうしかないです」

私はきっぱりと言った。

調査士と地主が、倉庫の傍らで何やら話し始めた。渋い顔をして地主は頷いている。三輪さんは倉庫の方を見ていた。

私たちが二人に近寄ると、調査士は困惑した顔を向けて、

「やっぱりだめですか」

もう後戻りはできない。私は「面積はどうなりますか」と聞いた。

「二平米ほど切ってしまいますね。それに倉庫にかかってしまいますから」

「どのくらいかかるんですか」

「十センチですね」

私は倉庫を見上げた。破風板《はふいた》や軒天《のきてん》が目に入る。

「壁まではかかりませんけどね」と調査士は言った。

「残念ですが、境界は動かせないと思います」

倉庫を見上げていた地主が、振り向いた。不安げな表情だった。

「境界をあなたたちの言うように決めたとき、この倉庫はどうすればいいんでしょうか。屋根を切るとかしなくてはいけないのでしょうか」

その答えを用意していなかった。倉庫をどうすればいいのか全く分からない。用地担当なら、土地の買収に併せて建物を補償すればよかったので、こんなことは気にもしなかった。

すがる思いで三輪さんの方を向いた時、

「屋根を切る必要はありません。作り直すときに境界から外していただければ、それで結構です」

と彼女が言った。

調査士と地主が再び話し始める。平然と二人を見つめる三輪さん。感服です。

境界は合意に至った。私たちは二人から頭を下げられてしまった。

「この倉庫はね、昔、自分で作ったんですよ。その時は控えて作ったつもりだったんだけど。結局、買った人に壊されちゃうかもしれないけどね」と地主が寂しそうに言った。

三輪さんと私は、沈痛な面持ちで一緒に頷いた。

「この辺も変わるよ。国道のバイパスが延びてくるからね。でもその頃は、わしゃあ生きとらんが」

と言った調査士の皺まみれの顔には、どことなく満足感が漂っていた。


眠れない夜更けの暗闇に、ハットを被った女性の姿が浮かび上がる。隣に座って、うれしげな顔を私に向けている。

なぜそんなに無邪気に語るのですか？　あなたは、なぜ絵を描くの？　夕陽があなたの頬を染めていた時、あなたの隣にいたのは誰？

彼女は微笑んでいるだけで、何も答えてくれない。

七

空模様がすぐれないゴールデンウィーク、意地悪なことに平日は、明るい光が降り注ぐ。

T市役所に打ち合わせに行った三輪さんが、なかなか戻ってこなかったこの日、私は前田さんと美術館のカフェに向かった。

「穴ぼこの調子はどうだい」

「調子悪いですね、四月だけで三件ですから。僕のところが二件なんですけど、一件は断っちゃいました。言ってることがあいまいだったので」

「断る方も大変なんだよな」

大木の下、薄い黄土色の地べたに葉陰がゆらゆらとうごめいている。この大木が楠《くすのき》だと教えてくれたのは、井上さんだ。

私は聞いてみた。

「今、前田さんがかかえている案件って何なの」

「うーん、結構あるけど、一番はね……」

出張所時代を彷彿させる歯切れの良い口調で彼が語り出した案件とは。

T市内の尾坂バイパスの事業用地の取得は佳境を迎えていた。残る地主は加藤老人のみ。加藤老人は、自分の田んぼがバイパスで分断される道路計画に始めから大反対。それでも県庁からは、九月中、いくら遅くても年内中の契約を求められていた。

分断された田んぼへのアクセス方法とか、田んぼの形が悪くなることへの補償とか、考え得ることをいろいろと提示しても、加藤老人は納得しない。

「昔から行政に対して不満があるから、普通のこと言っても全然通じないんだな。でもね、あの人が言ってることも分かるんだよね。あんな変な形に分断されたら耕作できないし」

私は前田さんの口調のどこかに諦観の念を感じてしまった。それは出張所時代にはなかったことかもしれない。

テラス席はいっぱいで、屋内の席を見渡した。そこに三輪さんがいた。彼女は私たちに気付くと、「ココ、ココ」と口を動かして、対面の席に指をさす。

心が躍り出す。都心のカフェで遭遇したかのよう。

前田さんは腰を下ろしながら、

「今日はどうしたの？」

なんてやさしそうな目尻なんだろう。

「今日はね、市役所で打ち合わせだったの。会議が伸びちゃったから、ココで食べちゃおうと」

なんてうれしそうな声。

「もう頼んだの？」

三輪さんはメニューを取って、指さした。

「これ」

私と前田さんは、スパゲティセットを注文した。

「ここ、ケーキもありますね」と私が口にする。メニューに載っていることは、前から知っていたけれど。

「今度はケーキを食べに来ましょうか」と三輪さんが言った。

「でもね、ケーキを買うのも大変なの。主人が甘いもの嫌いだから、買うときは一つでしょ。だからいつも『これ一つ下さい』って。『他にはよろしいですか』と聞かれても、『はい』。慣れちゃったけど」

三輪さんは前田さんにも私にも目を配りながら、少女のように楽しそうだった。

三輪さんの前にサラダとスパゲティが置かれた。

「食べてね」と前田さん。「みんな一緒に」と三輪さんは微笑んだ。

「僕んとこも、みんなは和菓子が苦手でね。僕は大好きだから、特に栗きんとんとか。どこか行ったときも、いつも『これ一つ下さい』だよ。栗きんとんなんてこんな小っちゃいんだよ」

前田さんは指で小さな三角をつくって笑った。聞くなら今しかない。

「三輪さんがケーキ食べてるときは、ご主人はどうしてるんですか」

桂馬のような問いなのであった。防御の固い敵陣も、桂馬の高跳びなら進入できる。

「私が紅茶を淹れてケーキ食べてるとね、主人はソファーでビール飲みながら、ポテトチップス食べてるの、昼間から」

「いやー、ポテトチップスなんてかわいいですね」

王将の好物がそれだとは。

「食べ過ぎなの。ケーキ食べ終わった頃には一袋なくなってるから」

三輪さんは、神妙な顔をした。あまり触れない方が良さそうだ。


セットが出揃う。前田さんがフォークを回しながら、

「ところで諒は、連休中は何してるの?」と聞いてきた。

私は中学校の同級生と御嶽山にスノーボードに行ったことを話した。周りに雪はなくても、ゲレンデだけには雪が張り付いている。

「女の子と?」と前田さん。

「男ですよ。だいたい中学校の時は、女の子と口利いたことないですから」

「へー、ほんとかな」と三輪さんが冷やかした。

「ボクは女性の前だと緊張してしゃべれないんです」

変なことを言ってしまった。三輪さんへの意識過剰のせいだ。いやそれだけではない、隣にいるのが前田さんだからだ。

「出張所の時、おばあさんと楽しくしゃべってたじゃん。諒って、気に入られてハンコ、もらえたもんね」

私は三輪さんに目を向けた。

「そのおばあさん、すごいんですよ、明治の話するんです。日露戦争の時、乃木将軍がどうしたこうしたとか、まるでその場に居合わせたかのように。どう考えても生まれてないんだけど」

私がそのおばあさんと話をしたのは、圧倒されるような門構えのある旧家の座敷だった。

「でも、それって諒君の得意分野じゃない」

三輪さんはどこか考え深げな顔をしている、自信が持てない子を励ますかのような。

「だから、おばあさんしかだめなんです」

三輪さんは微笑んだ、しかし眼の奥はそうではない。こんなことしか言えない自分が恥ずかしくなった。これでは子供と一緒ではないか。

カフェのトイレから出た時、三輪さんと前田さんが話をしていた、恋人同士のように。

八

梅雨の走りのような日が続く。白い上っ張りを纏った仕出し屋のお姉さんが、弁当箱を回収しているると、白髪の高齢男性が三人、カウンターに並んだ。そして、

「舗装の修繕要望に来ました。課長さんと予約してあります」と誇らしげに言う。彼らはT市大東町の自治会長と区長だった。

程なく勝手口からふくよかな課長の顔が現れた。課長は「道路建設課に行ってくるね」と三人の男を引き連れて、せかせかと部屋を出て行った。鷲野さんがゆったりと従う。

一時間も経たないうちに、課長と鷲野さんが戻ってきた。

「要望はどうでした？」と係長。課長は、

「いつもどおり、優先順位を付けてやっていきますだよ」と口にしながら係長の横に来て、脇机の上の住宅地図を引き抜いた。係長と三輪さんは、じっと立ち見をしている。みんながすぐに一体となるのは、この課の良いところなのだ。

「ここだね、要望は」

私は場所を知った。T市大東町、戸倉街道。

向こうから鷲野さんが、大きな体を揺らしてやって来た。

「道路建設課長は、来年度か、予算次第では今年度末にはやれるようなことは言ってたけどね」と課長が言った。

「どんな修繕をするんですか」と係長が聞く。

すぐさま鷲野さんが「切削《せっさく》オーバーレイ」と答えた。

あの当時、道路の修繕は、維持課が緊急措置と通常の修繕を行い、大規模な修繕を道路建設課が行った。

維持課が行う穴ぼこの修繕は、穴に常温のアスファルト合材を直接入れるだけの緊急措置と、穴の周りの舗装をカッターで整形に切ってから、加熱されたアスファルト合材を入れるものがあった。

緊急措置の施工は、エリアごとに最寄りの業者が分担していたが、常温の合材は袋詰めになっていて、パトロール車にも二袋ぐらい積んでいたので、時には道路巡視員が穴を埋めた。

五月、私と係長は穴ぼこの緊急措置を体験した。袋を抱えて合材を穴に入れ、スコップで均《なら》してからタコでトントンと叩いて固める。穴の容積は見た目以上にあって、すぐに一袋がなくなった。

作業中、杉本さんが交通誘導をやっていた。小型トラックが通り過ぎる時、助手席の男が、不審げな目で我々を見ていた。

当時の常温のアスファルト合材は、耐久性が低いうえ、表面が濡れた時に入れると、接着性が極度に落ちた。特に雨の日の措置は、砂上の楼閣の感があった。

一方、加熱されたアスファルト合材は、小量だけを合材業者から調達することが困難だったので、まずは緊急措置を施して、その箇所がいくつか増えたときに、加熱合材に置き換えた。

至る所で道路の舗装が劣化していた。維持課の局所的な修繕では、到底追いつかない。道路建設課が行う大規模な修繕が不可欠だった。

けれどもその予算額は、現状に則したものではなかった。

大規模な修繕方法の一つが、切削オーバーレイ。これは広範囲に舗装の厚さの一部分を切削した後に、新たにアスファルトを敷きならすものであった。

九

朝礼当番が「……それでは何か連絡事項はありますか」と聞くや否や、「はい」と永井さんが手を挙げた。

「行事予定についてお伝えします。今年の組合支部のボウリング大会は、七月七日七夕の日、セントラルボウルです。他の局の人たちと知り合える良い機会ですので、是非ご参加ください。後で案内文を供覧します。以上です」

永井さんはいつも以上に早口で、まるで機関銃のようだった。

「はい、それでは今日も一日、よろしくお願いします」と朝礼当番が締めくくる。

永井さんは、事務所の交友会の幹事と職員組合支部の役員を任されていた。彼女は維持課の女主人の趣があるけれど、当課はまだ二年目なのである。

永井さんが椅子をくるっと回して、声を上げた。

「みなさん、どなたか参加してくれませんか、諒君、あんたどう?」

「いやいや」と私は愛想笑いをしながら、手を横に振った。

「井上さんはどうですか」と永井さんは目を輝かす。

「昔はよくやりましたね」

「じゃあ、今もやりましょう」


私が机を片付けだしたら、道路建設課の成本さんが入って来た。背広を着て、ネクタイを締めて、紳士然としている。

「ご苦労さまです。残ってるのはお三人ですか」

彼はアルバイト席に座った。小柄なアルバイト女性に代わって、堂々たる体躯《たいく》の男が座ると、部屋が小さく感じられる。その姿が彼ほど私に違和感を与える人物は他にないかも知れない。

「珍しいですね。今日は何か」と係長が聞いた。

「きっと切削オーバーレイの報告に見えたんじゃないかしら」と三輪さんがパソコン画面を見つめながら微笑んだ。

「次回はそうします」

「いや、本当にもっとやっていただきたいですよ。このあいだの要望のとこもいつか分からないって聞きましたけど」と係長が苦言を呈した。

「これでも前よりは、予算がついてるんです」

「それでも穴ぼこが出来るのは、まだ足らないんじゃないですか」と口を尖らす係長。成本さんに日頃の鬱憤をぶつけているかのようだ。

「優先順位をつけてちゃんとやっていきますから」

この言葉は、やらないとは言わないまでも、それに近いものとして響くのである。

三輪さんが成本さんを見据えて、

「新しい道路をつくる前に、悪い所は直すべきじゃないのかしら」と寂しそうに言った。

「ごもっともです。でも新設も大事なんです。このあいだ、朝の尾坂街道見せられましたが、ひどい渋滞なんですね。渋滞は経済損失もあるし、環境にも悪いんです」

「いつもそうおっしゃいますが、新設の費用に比べれば、修繕なんて大してかからないと聞いてますけど」

冷ややかな三輪さんの声、少し蔑みの念があるような。

成本さんは申し訳なさそうな顔をして、「やり出しても、予算不足でなかなか完成しない道路もいっぱいあるんですね」と弁解した。

「もっと選択と集中をしないとダメじゃないですか」と今度は私が口を出す。

「そんなに簡単にはいきませんよ。要望がある以上は」

「それを調整できるのが、成本係長じゃあないですか」

「いやいや、まだ私は成り立てですから……。いずれにしてもこの話は、なかなか決着つきませんね」

成本さんのふてぶてしい口調は、とても新米係長のものとは思えない。

「だって私たちとは水と油なんですもの、考え方が」

三輪さんは真面目な顔をしていて、私は思わず吹き出すところだった。

成本さんは頭を掻きながら、

「飛んで火に入る夏の虫ですな、まだ五月だというのに」とぼやいた。つくづく憎めないキャラクターである。

「本当は今日は、三輪さんにこれを持ってきたんですが」

成本さんはこう言って、背広の内ポケットから何やら券らしき紙を取り出すと、腰を上げ、腕を伸ばして、「お暇があったら、ご主人とご一緒に」と三輪さんに差し出した。

三輪さんはそれを手に取って見つめた。そして、ゆっくりと立ち上がり、

「せっかくなんですが、うちの主人は絵には全く関心がないんです。どなたか別の方にでも」とやさしく言って、成本さんに紙を返した。

成本さんはとても寂しそうな顔をした。それは彼にもあった少年時代のものかも知れない。

成本さんは私と井上さんの方を向いて、

「ま、二枚ありますから、みなさんで気が向いたら、どなたか行ってみては」と佐々木さんの机の上に紙を置いた。

I県美術館の招待券だった。

十

窓から道路向こうの住宅の壁が、オレンジ色に照っている。部屋の中には私と三輪さんだけがいる。

「まだ頑張るの？」

「帰りましょうか」

二人は机の上を整頓して、パソコンを閉じた。

「点検票書きますね」

「お願いします」

三輪さんは机の下からバッグを取り出して、扉の音とともに部屋を出て行った。

カバンを肩に掛け、私は部屋を巡回する。南の窓、勝手口、北の小窓……。カウンターの引き出しから点検票をつまみ出し、チェックを入れて、点検者欄に自分の名前を書いた。扉の横にぶら下がる鍵を手に取ってスイッチを押せば、一瞬で白色の灯りは消えて薄闇に覆われる。カチャリと鍵が閉まって、維持課執務室は幾多の課題もろとも、しばし封印される。

代務員室の扉を開ければ、ソファーにどっかり座ってテレビを楽しむ老夫と向かい合い、鍵と点検票を手渡すと、「お疲れさまでした」と元気な声が部屋いっぱいに響いた。

扉を閉めた時、更衣室から三輪さんが出てきた。彼女は微笑む。私は東の勝手口の鉄製扉をガチャリと開けた。


見上げるような新緑の銀杏並木は、てっぺんが夕日に照らされて、鋭峰の頂を連想させる。

「諒君、ボウリング頑張ってね」

「永井さんにあれだけ頼まれれば、出るしかないですよ。三輪さんもどうですか」

ストライクが出たとき、三輪さんがいるといないとでは大違いなのだ。

「絶対にやらないわよ。私、球技苦手だから」

「球技？　うーん、確かに球技ですね」

可笑しかった。あれほど丸い球は他にないだろう。

「私、運動が苦手なの」

びくっとした、ふつう口には出て来ない言葉なのに。

「体育のある日なんて朝からずっと憂鬱だった。早引きしちゃおうかなんて思ってた。でもね、私、丈夫なのが取り柄だから、なかなか風邪ひかなくて」

思い描いた。不安を抱きながら、黒板とノートを行ったり来たりする少女の眼差しを。

「丈夫が一番ですよ。ボクはすぐ風邪ひきますから」

なぜかしら、よく風邪をひく。野菜嫌いのせいかもしれない。去年も三、四日の病欠をした。

「ほんと、あなた見かけ倒しなんだから」

「でもボクも走るのは嫌でしたよ。特に持久走なんか。雨が降った後なんか、祈ってましたから。体育委員の子が今日は体育館だと言うと、やったーって喜んじゃってね。でもどっちみち走らされるんだけど」

「持久走って、男子は一五〇〇メートルだよね。女子は一〇〇〇メートルで」

「そう、あの距離が一番つらいんです。最後の一周なんか、みんな全速力で走るんだから」

中学時代、私は最後の一周で、次々と追い抜かれていったのだった。

「私ね、一つだけ自慢できることがあってね」

その声、満面の笑みと混じって、少々上ずっている。

「なんでしょう」

「小学校のマラソン大会で入賞しました」

澄まし顔に変わった、得意げだ。

「すごいじゃないですか。何位なんです？」

ちょっと間があって、「十位ですけど」と照れた声が返ってきた。

「何位までが入賞なんです？」

「十位までです」とすぐに返ってきた。

「それは何年の時？」

「五年生の時」

「十位まで入賞なんていい学校ですね。何人ぐらい走ったんです？」

「忘れました。でも走ってて、もう少し我慢すれば入賞だと分かった時、やったーと思ったの」

歯を食いしばって走る少女。学校の正門が見えてきた。なんて遠いの、でももう少しだ。

「いいですよ。僕なんか賞状一枚もありませんから」

「これからとればいいじゃないの、ボウリングがあるわよ」


あの頃、事務所の中でも二人の仲を、変に言う輩《やから》がいた。その一人が横山だった。横山と二人で銀杏並木を歩いていた時、彼はずけずけと言った。

「旧約聖書は謳ってるよ、禁断の実を食べたら、どうなるのか……。友達として忠告せざるを得ないね。このままでは、おまえら、失楽園だぞ」

当然、前田さんの目は気になった。元部下と後輩がそんな関係になったら、さぞびっくりすることだろう。私は思い上がっていた。

「あなただって、想いは一緒でしょう。これに関しては、先輩、後輩なんて関係ありませんよ」

私は横山の忠告を冷静に考えた。三輪さんと一緒に帰ることはあっても、それはたまのことである。彼女は青山さんと帰ることがほとんどだし、本田さんと二人で帰ることだってある。私は、常識から外れたことはしていない。そもそも、そんな大胆な男ではないのだ。

私は夢想を抱いていた。

「どんなことであろうとも、もし三輪さんが一人ぼっちになったら、私は彼女と一緒になる」

夢想は私の結論だった。

十一

自動車乗り入れ口からケーキ店に入ったその男のセダンは、側溝のグレーチング（格子状の鉄の蓋）が跳ね上がって、オイルパンが損傷してしまった。

「フツーに入ったらね、突然ガシャンだよ。修理代、弁償してもらえるよね」

見た目のすべてがスマートな中年男、都築氏はニヤニヤしながらこう言って、ゆったりと長い脚を組む。グレーチングは座りが悪く、グラついていた。

この事故を複雑にしたのは、ケーキ屋の主人が、この跳ね上がったグレーチングを被せたことだった。ケーキ店はＴＤ市の郊外にある一戸建て。主人は毎日ケーキを食べているかのような太

った大男、

「側溝蓋が割れていて危なかったので、ホームセンターで買ってきて、替えたんですよ」

とあっけらかんと言った。

私たちは、主人がやったことに責任の一端を負わせるべきか分からなかった。


六月の月曜日。床も壁もタイル張りの廊下、鉄枠の上げ下げ窓は開いていて、静かに落ちる雨筋が目に入る。ここは、まるで総督府のよう。

くすんだ茶色の鉄扉がガチャンと開くと、うつろな目をした痩せた若い男が出てきた。そして足早に廊下を曲がっていった。彼はこんな骨董品《こっとうひん》のような建物で働くことに、喜びを感じているのだろうか、それとも嫌がっているのだろうか。

エレベーターの扉が開いて、井上さんが一人現れた。眼鏡の奥の眼差しは、いつもの通り穏やかである。私はゆっくりと道路管理課の鉄扉を押し開いた。

声がない、しゃべることが禁止されているかのように。すさまじい量の書類が、壁三面を天井までびっしりと覆っていた。

長谷川さんは、長身でやさしい雰囲気の男だった。歳は私よりずっと上に見える。係長は席を外しているようだ。

部屋の奥に狭いテーブルがあって、丸い椅子に座った。すぐ傍らの棚から、押し込まれたファイルが今にも飛び出してきそうである。

長谷川さんが、

「鈴木氏はどうなりますかね」と聞いた。鈴木氏との接触は、四月以来、ずっと途絶えていた。

「静観するしかないと思っています。本当にご迷惑おかけします」と井上さんが頭を下げる。

「嫌な話ですね」

彼は嫌な話をいくつも抱えているに違いない。嫌な話に対する抗体が、私たちよりずっとあるのだろう。

I県には九つの土木事務所が置かれ、あの当時、どこの事務所も管理瑕疵を抱えていた。山間部の事務所では、穴ぼこより落石が多かった。走行中の自動車に直撃したり、路上に落下していた石に衝突したりと事故が頻繁に起きていた。

長谷川さんは事務所から事故の報告を受けると、賠償の是非や過失割合を決定する内部機関と協議しなければならなかった。彼はちょくちょく事務所と内部機関との板挟みになって、その苦労は私たちも知っているつもりであった。

長谷川さんは顔を曇らせる。鵜飼氏の賠償金は六月中には払えても、Y氏の方は九月になってしまうと。私は、「大丈夫です。Y氏は、納得しますから」と答えた。

「グレーチングですね」と長谷川さんが言って、本題に入った。

淡々と係長が都築氏の事故を説明していると、長谷川さんが、

「ちょっといいですか。徐行しててもグレーチングは跳ね上がるものですか」と遮った。

やはりそうだった。私たちはそれを問われることを予想していたものの、検証せずに相談に来ていた。課長が「とりあえず本課と協議してくれ」と言っていた。

何とか検証してほしいと、逆に長谷川さんに頭を下げられてしまった。

ケーキ屋については、長谷川さんも頭を痛めたようだ。「法務相談しようと思います」と彼は言った。

法務相談は、I県の顧問弁護士に法律的な見解を聞く場であって、長谷川さんは続ける。

「法務相談するには、事実関係をしっかり整理する必要があります、資料作成は一緒にやりましょう」

長谷川さんは、資料の作成方法を丁寧に説明してくれた、出来の悪い生徒を教えるかのように。本課の人がこんなにも親切だとは、正直、感じ入ってしまう。

「ありがとうございました。すぐに資料を整理します」と係長が朗らかに言った。

「お願いします」と微笑む長谷川さん。

石原係長がパソコン画面に目を凝らしていた。私たちが彼の席まで行って、

「お世話になっております、T土木です」と言った途端、私たちに見向きもせずに、その冷ややかな横顔から発せられたのは、

「T土木さんねえ、もう少し頑張ってほしいなあ。お宅だけだよ、こんなに本課を巻き込むのは」

「ほんとに申し訳ございません」

深々と井上さんは頭を下げて、長谷川さんは黙って傍らに立っていた。

夜、岡田から電話が入った。この甲高い声を聞くと、中学の体育の先生——朝、裏門で、すくんだ顔の岡田を頭ごなしに怒鳴りつけていた——の怪人のような風体が、いつも目に浮かぶ。

「……それでね、彼女、公務員がいいんだって……」

耳を疑った。今時、お役人がいいなんていう女の子って何だろう。

「どう、今度、久しぶりに飲もうよ、そっちに行くから」と私が言った。


会議机は重い空気に包まれて、おでこを摩《さす》りながら課長がこぼす。

「徐行してたらどうなんだと言われても、どうやって調べるんだ」

「自分の車で確かめましょう」

重厚な鷲野さんの口調は、唯一の方法はこれしかないと達観しているかのように聞こえた。

「傷でも付いたら大変じゃないですか」と課長の声が裏返る。

「大丈夫でしょう」と鷲野さんは静かに言った。

法務相談のために整理しなければならないことが他にもあった。その一つが、自動車乗入口の側溝蓋が割れていたことに、私たちが気付かなかった理由である。車道は、道路パトロール車が週に一、二回は同じ所を巡視できる体制になっていたものの、歩道の異常は車の中からでは、殆ど分からない。

「歩道は、僕たちが歩く程度だよ」

私を見上げて言った本田さんの寂しそうな白い顔。それは私ごときに救いを求めていた。


横山が部屋に入ってきても、私と係長はパソコンから目を離さない。

「あれ、今日、お姉さんは？」

「アンタが来るのを察して帰ったよ」

「嫌なこと言う奴だな」と言って、横山は私の隣に座った。

「忙しいか」と横山が聞く。

「忙しいから残業してる」

私は横山に見向きもしない。

「前田さんには参ったよ」と横山が口にした。

「どうかした？」

「課長と言い合いになった」

「え！」と係長の声に合わせるかのように私は横山を見た。前田さんと口論している室長の顔が、用地課長の顔に置き換わる。

「昨日、道路建設課と合同会議があったんだけど……。前田さんの娘さん、熱が出て、あの人一日休んだんだよ」

いつにない横山の控え目な物言いであった。彼なりに困惑しているのだ。

「会議なんか俺で十分だったんだけど。今日前田さんが出てきたら、課長が、あれやこれや、どうするつもりだってネチネチ聞くもんだから……。最初は前田さんもちゃんと答えてたんだけど、『休むときは事前の届出が必要だ』なんて課長が言うから、前田さんが『あなたは電話で休みを連絡したことはないんですね』って言っちゃってね。もともとあの二人、そりが合わないから、後はぐちゃぐちゃ」

「前田さん、今日は？」

「もう帰ったよ」

出張所時代、前田さんが口論していたのは、仕事の話であった。私事の口論どころか、言い合いなんて聞いたことがない。彼はいつの間にか人が変わってしまったのだろうか。

ケーキ屋の駐車場の端にシルバーの乗用車が停まっている。その運転席に迫力のある顔、鷲野さんだとすぐに分かった。

アンティークな玄関扉を引いたら、カランコロンと鈴が鳴り響き、足を踏み入れるや、とろけそうな甘い香りが鼻腔《びこう》をくすぐった。奥から「どうもどうも」と、茶色いTシャツ姿の太った男が現れた。

店の裏に灰色の小さな物置があった。主人は「これなんだな」と言って、一枚のグレーチングを取り出した。鈍い銀色をした格子の板。

事故後に設置した真新しい側溝蓋を、鷲野さんが足で踏んだ。ペコペコと動く。彼はバールで側溝蓋を取り外し、代わりにグレーチングを被せた。今度はグラグラと動いた。

「これだと徐行してれば、跳ねることはないと思うね」と鷲野さんがささやいた。

私が両手でカメラを構え、係長がじっと目を据えている。のろのろとタイヤが進んで、ガシャと鈍い金属音とともに、肝心の物体はわずかに動いた。乗る位置を変えてもう一回、金属音は小さくなった。主人が玄関先で人形のように立っている。

「ちょっと速く走るよ」と鷲野さん。車道と歩道が同じ高さだから、それが可能だった。車道を走って来たシルバーの車が、少し速いスピードで乗り入れ口に進入した。ガシャンと高い金属音とともにグレーチングが浮いた。鷲野さんが、

「今のがだいたい十五キロ」と声を低めて言った、実験車に乗るスタントマンみたいな顔をして。

三人は小さなカメラの画面に目を凝らした。何回、再生してみても、その程度の跳ね上がりでは、到底、鷲野さんの車に傷が付くとは思えない。

主人が近づいて来た。

「あんたたちに迷惑かけちゃって、申し訳ございません」

その声は太った体が縮こまるかのように哀れだった。返す言葉がない。

三輪さんの言葉が蘇《よみがえ》る。

「歩道の一部なのよ……道路施設として……ちゃんと修繕して、ちゃんと修繕して」

謝るのは主人ではなく私たちであった。

十二

ある休日の午後、第三セクターの電車に乗った。高架を走るこの電車の車窓は、今は見えない遠くの山々が、初冬には雪をつけた姿で現れて、私の胸を掻き立てるのである。

ＴＤ駅のペデストリアンデッキには、若者がいっぱいいた。ベンチでシェークをする者、座り込んで語り合う者、笑いながら歩く者。みんな、長々と続く昼間を持て余しているかのようだ。

路地裏の居酒屋の引き戸をガラッと開けたら、いくつもの眼差しが飛び込んできた。年輩の男の不審そうな目、細面の中年女のうつろな目、若い男のうれしそうな目。向こうのテーブル席に岡田が座っていた。

「ここ、何年ぶりかな、懐かしいよ」と言って、私は向かいの椅子を引く。

あの夜は、岡田ではなくて前田さんがいた。後藤圭商事との交渉は決裂する。それでも私と前田さんは冗談を言って笑っていた。岡田が手を挙げるや否や、若い男が駆け寄ってきた。

二人はビールジョッキを片手に、互いの近況報告を始めた。

少しして、岡田が携帯電話を取り出した。彼が私に示したのは、テニス場での男女の集合写真だった。端に岡田の丸い顔がある。

岡田は「この子なんだけどね」と写真を指さした。

小柄でかわいい。

「田中陽子さん」と岡田が言った。

田中さんは、直立してニッコリとピースサインを送っていた。

「性格は素直で明るいし……。スノーボードもやるよ」

田中さんは岡田の会社の後輩で、私より一つ年下だった。

「いつでもいいよ」と私は答えた。

ガラッと音がして、うれしそうに岡田が手を上げた。私は振り向いた。四角い顔をニコニコさせて高木が近寄ってくる。そのすぐ後ろ、色白の細面の男は足立ではないか。彼が来るなんて聞いてない、岡田と高木の三人で飲むことを楽しみにしていたのに。

高木が、

「昨日、駅でこいつに会ってね」と微笑んだ。

「諒君、久しぶりだね」

「五年ぶり、くらいだね」と私は口ごもった。

中学校の時、私は足立と喧嘩した。私は神経質で細かいことを言う奴が嫌いだった。何年か前にみんなで集まった時、足立は「役所なんか判子押してるだけでいい仕事だ」と言った。私は彼とは生涯、犬猿の仲で通すことに決めていた。——ところが、妙に斜向かいの足立と波長が合ってしまう。横山のようだ。

法務相談の日、係長と一緒に県庁の会議室に入ると、すぐ目の前に長谷川さんと石原係長の横顔があった。石原係長の冷ややかな目、彼なんか長谷川さんがいなければ、同席なぞできたものではない。

小さな部屋だった。ロの字に並んだ会議机の向こう側に、見知らぬ男が二人座っていた。一人は中年、一人は若く、どちらも知的な顔立ちをしている。

長谷川さんが、

「T土木事務所さんです」、続けて「法務課の沢村係長と鬼頭さんです」と紹介した。

私たちは短くて儀礼以外の何もない、通り一遍の会釈を交わす。

二人は有名大学法学部の出身なのだろう。弁護士と渡り合える優秀な頭脳の持ち主。同じ職員でもピンキリだ。私とはかけ離れた存在である。

私たちはじっと座っていた。しばらくしてガチャンと扉が開いて、恰幅《かっぷく》のいい中年の男が入ってきた。紺色の背広の襟には金色のバッジが付いていた。

冒頭、長谷川さんが事実関係や論点の説明を始めると、私はうれしくなってきた。彼の言葉の端々に、ひたむきさと、少しでも事務所に寄り添おうとする温かみを感じたから。

やがて、弁護士や法務課の人たちの口から聞き慣れない法律用語や婉曲《えんきょく》的な言い回しが出てきて、私は何も言えなくなった。

結局、私と井上さんは、一言もしゃべらなかった。それでも、弁護士の見解が、ケーキ屋に責任の一端を追わせなくても間違いではないと理解した。これで十分である。

十三

夕方、残業を続ける。窓外の明るさが、ゆっくりと減衰していく。

「まだ、長くかかりそう？」

「もう終わろうかな」

「夜店、寄ってかない？」と三輪さんが言った。

その微笑みにぞくっとする。胸が騒ぎ出す。

茜《あかね》色の空、夜の訪れはもう少し先であった。木立の奥に見えてきた橙《だいだい》色の灯りが、慎ましい。

夜店が並ぶ園路は、若者たちで溢れ返っていた。浴衣《ゆかた》姿のカップルのにこやかな顔が、目に映る。

唐揚げ、焼きそば、タコ焼き……油っぽい匂いが漂う中を、縫うように進む。高校生なのか中学生なのか、お行儀のよい行列。待っているのに、みんなが笑顔なのだ、定期テストが終わった日のように。光の下、赤い金魚、銀色の水槽で泳ぐいっぱいの金魚に目がとまった。浴衣を着た幼い女の子が、ポイとボールを持って睨みつけている。その後ろで覗き込む普段着の男と女。小っちゃな手が金魚を追いかけて、男が「いけー」と声を出す。三輪さんが見つめている。とてもうれしそう。

三輪さんがバターポテトを買ってくれた。ベンチに腰を下ろせば、向こうは、松と楠の暗闇に柔かい夜店の灯が連なって、さながら街中に現れた異空間のよう。私たちの周りで何人もの若い男女がはしゃいでいる。あどけない顔、ぶっきらぼうなしゃべり方、きっと中学生だろう。

「あちち、結構、熱いですね、このポテト」

私は少しまごついた。

「あら、そうかしら」

「実は猫舌なんです」

「知らなかったわ」

昔、兄から「おまえは舌の使い方が変だ」と言われたことがあった。けれど、直す気にもならなかった。

「ラーメンとかどうしてるの？」

「ラーメンは何とかなるんだけど。焼き芋が際どくて、タコ焼きとなるとダメですね」

「そうよね、中がとんでもなく熱いのがあるよね。小籠包なんてすごくない？」

「よくあんなの食べるなあって感心しちゃう。みんなはアチアチッて言って食べてるけど、ボクは絶対無理。冷めるまで待ちますよ」

「諒君の場合、年中うちわがいるんじゃない」

「それ、いいですねえ。今度、フードコートに持ってきますよ」

冗談を言っていても、内心穏やかであるはずがない。

今、私の横にいる女性は、執務室にいる三輪さんでも、公用車に乗る三輪さんでも、銀杏並木を歩く三輪さんでもない。アパートに現れて、私を悩ませるあの女性、あの女性の具象。

……ああ、一体ボクは、何を考えてるんだ。

三輪さんが食べ終わっても、私のポテトは残っていた。


「なんか懐かしいね、この雰囲気」と三輪さんが言った。

「昭和っぽいね」

「ほんと、この人たちって、まるでタイムトリップで昭和からやって来たみたいね」

佐々木さんが、この夜店は大正時代に始まったと言っていた。毎年六月の金土日が夜店の開催日だそうな。

金魚の袋をぶら下げた小さな男の子が、男の人——きっとお父さんだろう——に手を引かれて、目の前を通り過ぎていった。

「諒君は金魚すくいやったことある?」

「ありますよ、小学校の時だけど」

「とれた?」

「とれた、とれた、とれ過ぎぐらい。十匹はあったかな。水槽に入れて、その時は水族館みたいに元気に泳いでたんだけど、次の日には半分、死んでました。朝起きた時、びっくりですよ」

金魚がいっぱい泳ぐ袋を持って、勇んでコンクリート階段を上った夜、母の顔はびっくり仰天だった。

「かわいそうなことしたわね。でもどうやって、そんな十匹もとれるの？　私なんかすぐにタモが溶けちゃって、一匹か二匹、いや一匹も。ゼロ匹なんだから」

膨れっ面の三輪さん、ちょっと駄々っ子みたいだ。

「あの時はフライパンみたいな頑丈なタモだったんで。不良品のタモだったかも。だってあの時ボクだけでしたもん。あんなにとれたのは」

私があれ以来、金魚すくいをやらなかったのは、金魚が死ぬのが嫌だったからかもしれない。

「フライパンなら私だってとれるわね」

「三輪さんはいつ頃やったの？」

「私も小学生の頃」

ずっと遠い、田舎の夜店。大人たちに混じって浴衣を着た小さな三輪さんがいる。

「久しぶりに金魚、すくいませんか」

三輪さんは少し狼狽《うろた》えたようだった。

「私はやらないわよ。諒君、やってね」

ポイはすぐに危うくなった。三輪さんが横にいる。頬笑みが目に入る、動揺した。三匹目は無理やりフレームで引っかけた。四匹目は絶対にあり得なかった。

夜店のお兄さんの目が笑っていた。

「全然だめでした」

「三匹もとれれば、上出来じゃない」

「三輪さんも、やりましょう」

この夜、ポイとボールを持って、金魚を狙い澄《す》ます三輪さんの横顔があった。

体をくねらせて、一匹の赤い金魚が白いボールに滑り込んだ。三輪さんは全く表情を変えない。

二匹目を狙っていた。ポイは真ん中に穴が開いている。赤い金魚が懸命に逃げ去って、ポイが消滅した時、三輪さんは「あー」と声を漏らした。

お兄さんがニコニコしながら、一匹の赤い金魚が入った袋を三輪さんに差し出すと、彼女はうれしそうに受け取った。

喧騒の巷《ちまた》から逃れて、二人は金魚の袋を掲げた。橙色の灯が、ほんのりと三輪さんのにこやかな頬を照らす。

一つには、偶然に仲間となった三匹の赤い金魚が泳ぐ。もう一つには、赤い金魚が一匹、「つかまっちゃった」と言ってるかのように浮かんでいた。

「やりましたね」

「ええ」

胸がいっぱいになった。三輪さんがすくった金魚、唯一の金魚、何とも愛おしい。

「一匹、どうですか。二匹になりますよ」

「一匹じゃ寂しいわね……。それより私の金魚、居候させてくれない？　チャコが食べちゃうといけないから」

三輪さんはじっと金魚を見ている。

「いいですよ」


夜店の灯りから外れた。三輪さんの顔がおぼろげにしか見えない。人通りはまばらだった。三輪さんと手をつなぎたい。彼女はきっと許してくれる。失楽園でも何でも構わない、横山たちが何を言おうが構わない。

——けれど私にその勇気はなかった。


眠りに就いた美術館。横断幕がぼんやりと佇んでいる。

『ターナー特別展』

「ターナー知ってる?」と三輪さんが聞いた。

「名前だけは聞いたことあります」

灰色に覆われた広場、水のない噴水台。一組のカップルが、興味深そうに私たちの手からぶら下がった金魚を見やりながらすれ違って行った。

「風景を描いてるんだけど、他に有名な人いるじゃない、コローとかミレーとか。そういう人たちの絵とはちょっと違うのね」

私は何も分からない。

「ターナーって、幻のような絵なの」

第三章

一

朝から雨降りの日曜日、地下鉄中央駅の改札口をくぐると、驚いた、なぜこんなにも人がいるのかと。そして行き交う女性のすべてが、今日の何かのために特別なおしゃれをしているかのように見えてきた。

地下街の狭い階段を上った先がCNビルディングの一階、ロビーである。広くて、光沢があって、ヒンヤリとした空間、たむろするたくさんの人たち。和服を着こんだ年輩の女性たちが立ち話をしていたり、若くておしゃれなママが、着飾った小さな女の子の手を引いていたりと、これからここで何かの催しが始まるかのよう。

壁にはエレベーターが並び、傍らに何人もの男や女が立っていた。岡田の丸い顔も交じっている。私は手で合図しながら歩み寄った。

ガラスの向こうは、色とりどりの傘が、右へ左へ慌ただしく流れていた。自動ドアが開いて、傘を束ねながら難儀そうな顔をして入って来る人がいるかと思えば、パッと傘を開いて流れに消えていく人がいる。

階段から赤い傘を片手に提げた女性が上がってきた。彼女は近づいてくる。

「こんにちは」

そのニッコリした笑顔に、岡田が手を上げた。

澄んだ目、ショートの髪、小柄な上背。彼女だった。まるで携帯画面から抜け出してやって来たみたいだ。

「初めまして、田中です」

胸がときめく。

「初めまして、古川です」

不思議の国に足を踏み入れた心持ちだった。

O公園駅の改札口をくぐった時、いつもの駅前が違って見えた。高揚感が込み上げる。仕事の話をした時のキラキラした陽子の眼差し、スノーボードのエピソードを話した時の屈託のない陽子の笑い、料理を口に運んだ時、おいしそうに頷く陽子の頬、すべてがまばゆい世界だった。

夜がやってきても私は眩んでいた。

ところがふとすると、そのまばゆい世界は消え去っていて、三輪さんの面影が浮かんでいる。これればかりは、どうしようもない。

二

私は朝礼の途中から、カウンターに小柄で太った白髪の男が立っていることに気付いていた。

朝礼が終わって、男は元気よく言った。

「木村さん、いらっしゃいますか」

私がカウンターに立つや否や、男は、払い下げはいつになるのか、値段はいくらかと、早口で話し始めた。ちんぷんかんぷんだった。

係長に同席を求めた。すると三輪さんが、

「あの方、三月にお見えになってます。申し訳ないのですが、話の内容は聞いてなくて」

と声を弱めて言う。佐々木さんは、

「私も聞いてないです」と顔を曇らせた。

会議机で名刺の交換。

『小出フーズ株式会社　代表取締役　小出義己』

「木村さんから聞いてますよね」

小出氏のずっとにこやかな顔が、かえって不気味だ。

私が「申し訳ございません、あらためてどういうお話かお聞かせいただきたいのですが」

と恐る恐る口にした途端、

「聞いてないの？　どういうことですか」と小出氏は目を丸くした。

係長が住宅地図を広げた。ＴＤ市北境町。小出氏の顔が険しくなる。

「ここ、私の土地がこれでね。でもここまで県の土地になってるんですよ。それで木村さんが払い下げしてくれるはずなんです。どうなってますか」

気付くと、そばに三輪さんが立っていた。「私も一緒に」とゆっくり椅子を引く。何も分からない私たちは、頭を下げるしかなかった。

「しょうがないですな」と言った小出氏の呆《あき》れるような眼差しに、私の好奇心が動き出す。前任者は、一体何をしたのであろう。

「……それで、ここに住まいをつくりたいんだけど、この土地と道路との間に二メートルぐらいの幅で県の土地があるんですよ、草だらけの。木村さんに相談したら、これは払い下げできますよと言ってくれたんです。ここを払い下げしていただければ、道路付きのいい土地になるんですよ」

私は木村さんが了承した話であるならば、何も問題はないと受け止めた。ちょっと時間が経ってしまったけれど、何とかなるに違いない。

三輪さんが「少し調べさせてください」と言って、席を立った。私が従うと、彼女は言った。

「一緒に探して、中山街道の道路区域の告示図面」

キャビネットの一角に、ずらりと並ぶ告示関係の書類。どれもが古びて、中には背表紙の字がはっきりと読めないものもある。並ぶのは、先人の道路を作ろうとする思いなのかもしれない。

「あった、これだわ」

三輪さんは書類を引っ張り出し、空き机に置いた。黒い綴じ紐《ひも》で括《くく》られた分厚いファイル。彼女は巻頭の一覧図を見るや否や、紙袋から何枚もの図面を取り出して、その一枚をバサバサと広げた。

「これじゃない……」別の図面を広げる、「うーん、これでもない」さらに別の図面、「これだ」

二人は図面に目を凝らした。小出氏が払い下げを要望した土地は、道路区域に入っていた。

「ここを買った時の測量図あるかしら、用地課ね」

「一緒に行きます」

前田さんと横山は、席にいなかった。三輪さんは、

「お忙しいところ、すいません」と、平野の顔を覗き込む。そして図面を示して、

「ここを買収した時の測量図ありませんか」と尋ねた。

平野は面倒くさそうな顔をして首を捻《ひね》った。

すると、さっきから後ろの席で私たちを見やっていた長坂が立ち上がり、

「僕が探しますよ」と朗らかに言った。

「悪いわね」と微笑む三輪さん。

部屋の奥の棚には、測量図が入った筒が何本も横たわっていて、長坂は筒のラベルをつぶさに確認していく。平野が浮かぬ顔をしてやって来た。

小出氏が払い下げを要望した土地の面積は二十九平米、県はこの土地を、車道と歩道の用地と一緒に同じ人から買っていた。何にせよ要らない土地なら、区域から外して払い下げをすればいい。ところが、

「この辺は歩道の拡幅要望があったようなこと聞いてますよ」

平野が不愛想に言った。

私と三輪さんは三階に駆け上がり、道路建設課の水谷に確かめた。

「正式な要望ではありません。地元の市議さんが、もう少し広い方がいいようなことを言った程度です」

水谷のあやふやな記憶によれば、その市議が来所したのは、一月だそうだ。

私たちが会議机に戻った時、係長が渋い顔で座っていた。よほど気まずかったに違いない。

三輪さんは、拡幅の可能性があって払い下げは慎重に検討したいと伝えると、続けて、

「方法があります。この土地に車が通れるくらいの幅の通路を作っていただければ、接道したことになります。通路を作るときには、道路の占用許可が必要ですが、占用料はかかりません」

訝《いぶか》しげに聞いていた小出氏は、

「話が随分違うね。木村さんが言うには、払い下げできますよと、ただそれだけでしたよ」

と声を荒らげる。

「いつ頃の払い下げをご希望なのでしょうか」

三輪さんは寂しげな横顔をしながらも、はっきりとした口調だった。

「遅くても十月には何とかならんものでしょうか。来年、息子家族が東京から戻ってくるんです。それまでには私ら夫婦の家を造りたいと思ってます」

「申し訳ないのですが、今日は正確なことをお伝えできないのですが」と三輪さんは頭を下げた。

「木村さんにも聞いてみてくださいよ、話が違いますから」

小出氏の口調は猜疑心《さいぎしん》に溢れていた。扉を引く後ろ姿は、憤懣《ふんまん》やるかたなしのようだった。

土地の管理は、時期に応じて各課に分担されていた。用地買収してから工事に着手するまでは、用地課。工事着手してから完成するまでは、道路建設課。そして完成してからが維持課である。

つまり、未だ何にも使われていないこの土地の管理は用地課であって、維持課が払い下げを判断してはいけない。

三輪さんは席に着くなり顔をしかめて電話を入れた。木村さんは、「三月はバタバタしていて拡幅のことまで考えなかった、申し訳ない」と弁解したそうだ。

ところがこの話は、三輪さんのもの憂げな顔を見るほど、私の危うい自負心を膨らまし、木村さんに抱く私の劣等感を軽くするのである。

午後から私たちが向かった現場は、果樹園と住宅が混在するのどかな所だった。遠くに、傘を差して黄色い帽子を被った子供たちが目に入った。もう下校時間なのか、とぼとぼと歩道を歩いてくる。

草むらの中、私がメジャーを二メートル引き出し、赤白ポールを立てて、開いた傘を腕に挟んだ三輪さんが、シャッターを押した。

子供たちが近付いて来た。小さな男の子と女の子が五、六人、みんなランドセルをしょって、少し疲れた表情をしている。

係長が「こんにちは」と声をかけると、元気な声と、か細い声が入り混じって、「こんにちは」と返ってきた。

三

私と係長は都市開発課に赴いた。

静まり返った部屋は、みんながパソコン画面を見つめている、何やら一斉監視をしているかのように。鉄扉がガチャンと閉まって、木村さんと目が合った。彼は隣の人に一言、二言伝えると、近寄ってきて、小さな声で「食堂に行きましょう」

ズラリとテーブルが並ぶ食堂は、あちらこちらで話の花が咲いていた。

木村さんは配膳口で、銀のトレイにコーヒーカップを載せて、おもむろに運んできた、カタカタカタ……。そしてテーブルにカップを並べながら、「ご迷惑かけます」とささやいた。

「三月の上旬だったですかね、この人が見えたのは。払い下げできると言ったのは確かです。でも、あの人は払い下げを受けるかどうかは、検討中だと言ってました……」

私は木村さんの話に耳を傾けつつ、向こうのテーブルで、差し向かいで話し込んでいる深谷さんに目をとめていた。

彼とは出張所で三年間を共にした。最初の日から印象に残っている、向こうの島で受話器を持ってケラケラと笑っていたから。歳は三つぐらい上のはずであるが、用地の仕事は初めてだったので、初任者研修の時、私の隣に座っていた。研修中は休憩時間に、よく二人で雑談をした。ギヨロッとした目に大きな口、元からおどけた雰囲気だった。

彼はこの三月まで、T土木事務所の庶務担当として、石黒さんと机を並べていたらしい。そして四月からは、CT土木事務所維持課、管理第一係の担当になっていた。

木村さんはカップに口をつけることなく言い出した。

「とにかく昨年はひどかったんです。係長の具合が悪かったので、年明けからは、ほとんど一人でやってました」

「課長がサポートしてくれたんじゃないですか？」と係長が聞いた。

「そりゃ助けてはくれましたけど、二係の方もバタバタしてて。とにかく大変でした。二月なんて佐々木さんもお父さんを亡くされて、一週間休んでしまったり……」

「大変でしたね」と係長が憐れむように言った。

動揺した。そんな惨状だったとは。パニックの嵐の中、気丈に振る舞う三輪さん、遅くまで机に向かう寂しげな眼差し、夜更けの路面電車で目を閉じる……。向こうでは、深谷さんが笑顔で話し続けている。

「ちょっとトイレに行ってきます」と係長が突然腰を上げた。

大柄な男とすれ違う井上さん、T土木の管理第一係長の背中は小さかった。

「前田さんは助けてくれませんでした？」と私は聞いた。

「頼めばきっと助けてはくれるけど、あの人も忙しいし。それにあの人は三輪さんの……、三輪さんの相談役だから、いつも」

私は木村さんの言葉を当然のこととして受け取った。前田さんは三輪さんの元上司なのだから。

食堂を立つ時、深谷さんのテーブルに近寄ると、彼は顔を上げて、

「どっかで見た人がいるなと思ってたんだよ、元気だった？」と大きな声を上げた。私は、

「毎日、はらはらどきどきで心労が重なってます」と答えた。


用地課の会議机は、みんなが集まるなか、課長の顔が三つもあって何やらきな臭い。

「今になって、用地課が巻き込まれるのがよく分からんね」

こう仰せの用地課長は、ずる賢い狐のようだ。

「こんな土地は、維持課の仕事じゃあ、ありませんから」

用地課長を前にした服部さんは、お人好しの狸である。

服部さんが、

「歩道って、拡《ひろ》がるんでしょうか」と道路建設課長の顔を覗き込んだ。

「無理じゃないですかね、何しろ、絶対に土地を売らない有名人がいるから。地元もまとまらないと思うよ」

風景が、のどかであろうが、地主はそうとは限らない。

「さっさとここだけ、歩道を二メートル拡げるのはどうだろうね、草も生えないしね」

私と三輪さんは、顔を見合わせた。やはり用地課長は、只者ではない。服部さんが頷いている。もはや、この場の主導権を狐に握られたかのようだ。

「課長さん、どうでしょうか、さっさと歩道を拡げては」と服部さんが声を弾ませる。

「そんな蛇が卵を飲み込んだような歩道だなんて、おかしいですよ」

何ともつれない道路建設課長、彼はいつ見てもドーベルマンに似ている。

「とりあえず払い下げをして、計画が決まったら、買うというのはいかがでしょうか」と狸が狐の顔色を窺った。

「ばか言っちゃいかん、折角、有る土地を売って、また買うなんて」

それは火を見るより明らかな答えであった。用地に携わる者にとって、地主は一人でも少ない方がいいのである。狐は鼻で笑い出し、

「そもそもあなたのとこの前任者が迂闊《うかつ》なこと言うから、ややこしくなる。お断りするしかないね」

服部さんは目を瞑って、おでこを摩っていた。

「用地課さんも、どなたか一緒に行っていただけますよね」と三輪さんが口に出した。

すぐに、

「火を点けた維持課が火を消すべきでしょう」と辛辣な言葉が返ってきた。

狐には太刀打ちできないと、頭をかすめるや、

「担当する課が違ってましたと、お断りに行くということでしょうか」

少し上ずった声、まぎれもなく三輪さんの声だった。

「何だって！」

服部さんはぱっと眼を見開いて、「いやいや、用地課に振るなんてことはしませんから」と慌てて言った。

「じゃあ担当に行ってもらう」

三輪さんの気丈さに驚いた。昨年度の惨状が、彼女をここまで強くしたのだろうか。

前田さんが我儘《わがまま》にも程があると言っていた用地課長も、この時は担当の同伴を認めたのであった。


暖色の光に充ちる狭い浴室の中、換気扇の音とともに、

「それにあの人は……三輪さんの相談役だから、いつも」

黒縁眼鏡を掛けた、その眼差しが少し寂しげな男の、弱々しい声が聞こえてきた。

土木局が初めてだった彼女にとって、前田さんは、どんなにか頼りがいのある存在であったことだろう。そして昨年度の上司は病弱で名ばかりの存在。それに代わる前田さん。カフェでの二人を私は知らない。

雨がしとしと降っている。

小出邸の庭石や松が艶《つや》やかだ。係長と私と平野の三人は、応接間に通された。

「こないだはご無礼しました」と、ひじ掛けに両腕を乗せた小出氏が、朗らかに言った。

背が高くて痩せた中年の女性が入ってきて、「お世話になります」と会釈しながら、ゆっくりとテーブルにお茶を置いていく。

小出氏は、

「まあ、まあ、やってください」と手振りを入れて促した。が、少しして、

「そもそも本当にあそこは歩道が拡がるんですか」

あたかも彼の頭の中が、払い下げで充溢《じゅういつ》しているかのようであった。

「このあいだ、女性の方が言ってましたな。未だ何も決まってないと。それなら、先ず私が買っておいて、拡幅が決まったら、必要なところを安くお売りしますよ」

民間の人たちは、本当に頭が柔かい。でも私たちは頼み込んだ。

「歩道が拡がるまでは、通路の占用でお願いできないでしょうか」

小出氏はニタリとして、

「私が嫌なのは、それがいつまで続くのか分からんことですよ。私だってそんなに先は長くはないでしょう。私の代で整理しておきたいんです。売るときは簡単だからね。払い下げしていただければ、そこは花壇にしておきます。あなた方のように草ではなくてね」

すごい千里眼、この人は今までに、数々の修羅場をくぐってきたに違いない。

私は「先ずあそこだけ、歩道を拡げることでも、いいかと」と口に出した。すぐに後悔した。それはできない話ではなかったのか。またもや思いつきで口を滑らした。

「そんなことはあり得んでしょう。あそこだけ拡げても意味ないですよ」

さすがによくご存じであった。

「せっかく来ていただきながら申し訳ないのですが、私は納得できません。またご検討いただけますか」

肩を寄せ合って課長が三人、ソファーに座っている。彼らを前に、そっくり返った所長が言った。

「どんな会社か知らんが、揉めんようにせんとな。ただ払い下げは反対だね。通路の占用で十分と思うね。一応、本課の考え方も整理して欲しいな。部分拡幅なら、道路管理課が供用を認めてくれるのか、予算を道路整備課がつけてくれるのか……」そして、

「用地課に入ってもらうような話ではないな、維持課と道路建設課で整理してくれんか」と二人の課長に指示をした。

私が用地の担当であれば、さぞかし喜んだことだろう。これから買わなければいけない所がいっぱいあるのに、そんな計画すらないような所に構っておられるか、と。

四

七月に入ってからお天気が続いていたが、係長が急遽《きゅうきょ》体調不良で休んだこの日は、今にも雨が落ちてきそうな空だった。私と三輪さんは、道路建設課の水谷と一緒に、道路管理課の狭いテーブルで体を縮めて静かに待っていた。

男と女がやって来て、対面に座った。がっしりした三十過ぎの男、松浦さんはＴＤ土木事務所の時からの顔見知りである。女は成瀬といって、とても若かった。

私は小出氏関連の資料を松浦さんにメールで送っておいたり、電話で一言伝えたりと、万全の準備をしたつもりであった。それなのに道路建設課長は「あんなところに、本課が予算を付けるとは思えんよ」とか言って、拡幅理由を本気で考えているとは思えない。

松浦さんと成瀬はメールの資料に目を落とした。彼らはどこまで検討してくれたのだろうか。松浦さんの顔が上がる。何を言うのか？

「部分的な拡幅も、絶対に認めないとは言いませんよ。ただこれでは理由不足ですね」

「これ以上はできないと思います。正直、あそこだけを拡げる理由はないですから」

きっぱりとこう言った水谷は、曲がりなりにも道路建設課長の代弁者であった。ドーベルマンに仕える柴犬のような。

松浦さんは部分的な拡幅には、あれこれと問題があることを述べ立てた。

三輪さんが松浦さんの顔を見据えて、

「払い下げは、本課としてどうお考えでしょうか」

「所長は、何ておっしゃってるんですか」

「通路占用がいいと」

「なら、それでいいじゃないですか、拡幅の可能性があるようなところの払い下げなんて、普通はしませんよね」。

失礼な言い方である。事務所のときの気さくな松浦さんは、どこかにいってしまった。私は彼に聞いた。

「道路整備課へは話はしてくれてますか？　メールでもお願いしておきましたが、道路整備課の意見も聞きたいと」

焦った。もし道路整備課に話が通じていないとなれば、一から説明しなくてはならない。担当が不在なら、改めて出直さなくてはならない。三輪さんにも水谷にも申し訳がない。

「話してないですよ」

「なぜですか」

「直接、伝えてもらわないと。関係する課へは事務所から伝えてください」

当てが外れた。自分の甘さを悔やんだ。道路整備課へは水谷から打診してもらうべきだった。私の中にも、自分の仕事ではないという思いがあったからかもしれない。その時、

「おかしくありませんか、メールの資料を持って、隣の部屋に行くだけじゃないですか」

三輪さんが言い放った。

松浦さんは苦笑して、成瀬はきょとんとするばかり。私は心の中で喝采しつつも、三輪さんに

得も知れぬ怖さを覚えてしまった。

松浦さんも一緒に隣の部屋を覗くと、幸いにも担当者がいた。私たちは、「このような道路なのですが、歩道拡幅の予算は付けてもらえるでしょうか」と頼んでみた。

この若い男の担当者は、我々の悩みなど関心がないのか、何一つ表情を変えることはない。そして、

「変な歩道を作るよりは、通路の占用でいいじゃないですか」

もう通路占用しかあり得ない、小出氏が何を言おうが。

「さっさと帰りましょう」と三輪さんが言った。

私たちはさっさとエレベーターに乗った。晴れやかな顔をした水谷、課長の思い通りになったのだ。

三輪さんの口から「あっ！」と声が出るや、私も「あっ！」

「諒君もね」と三輪さんは笑む。水谷は傘そのものを持参していなかった。

三輪さんは決まりが悪そうに、ゆっくりと道路管理課の鉄扉を押し開く。


つかつかと三輪さんは、課長席に向かう。課長が顔を上げて「ご苦労さま」と言うや否や、

「どうにもなりません」と伝えた。

所長室から戻ってきた課長が、立ったまま真面目な顔を向けた。

「もはや維持課にできることは何もありませんと伝えたらね、通路の占用しかないって」

数日後、小出氏は、予告なしに所長室に乗り込んだ。電話を受けた課長は、係長を連れて飛ん

で行った。小出氏はとにもかくにも払い下げに執着したらしい。

三度拡幅の可能性を訴えたところ、

「まあ、自分の家は別の所で考えますかな」と言って、帰ったそうだ。

五

組合支部のボウリング大会、維持課からは私と内山君が参加した。個人もチームも全く平凡な結果だった。

プレー中、隣のレーンの人たち――陽気な彼らの職場は東M環境事務所だった――と話をした。

酒井さんという小太りの中年男は、三輪さんの知り合いらしく、

「そうなんですか、三輪さんと一緒ですか、彼女元気にやってますか」と聞いてきた。

私は「元気にやってますよ」と即答した。

酒井さんは、あまりボウリングは上手くないようで、端っこにピンがあるのに、球はど真ん中に行って悔しがっていた。


全開の窓から「ジーー」と蝉の声が聞こえる。陽射しはなくとも、ねっとりした空気が不快指数の上昇を予感させる。係長と内山君と昨夜の話を駄弁っているうちに、永井さんが入ってきて、机にバッグを置くなり微笑んだ。

「アンタたち、昨日は大活躍だったたじゃない」

「あんなもんでいいんでしょうか」

「所詮、私ら裏方稼業だから、花はあの人たちに持ってってもらえばいいのよ」

　私はそんなお人好しではないのだ。賞を狙っていた。ところが肝心なところで球は逸れていった。

「おはよう」と大きな声とともに、課長と三輪さんが一緒に入ってきた。課長は私と内山君に目を向けて、「ボウリングの調子はいかがだったかな」

　私は両側にピンが残ってしまったと、指の穴が大きくて肝心なところですっぽ抜けたと、言い訳を連ねた。

「ボウリングちゅうのはね、真ん中じゃダメなんだよ。ちょっと逸れた方がいいんだよ。今度ボクが教えてあげるから」

「だったら課長が出てくださいよ」

　みんなが笑った。

　酒井さんとのやりとりを三輪さんに伝えると、「諒君、あなた私のこといろいろ言ったでしょう」と訝しげな顔をする。

「それだけですよ、あとは何にも。酒井さんのこと、よく知ってます？」と逆に私は聞いた。

　三輪さんは「少しだけ」とぽつりと呟いた。

　終業後の暖気の中で、私と三輪さんは、ひたすら申請書のチェックをしていた。それは、一種の根比べのようなものである。いつの間に入って来たのか、横山が断りもなく私の隣に座った。

「この部屋、まだましだな。さっき道路建設行ったら、あそこは暑いわ」

終業十分前に切れる無情なエアコン。よくぞみんな、我慢しているもんだ。

「三階だったら、帰るしかないね」

「でも今年は雨の少ない梅雨だねえ」

横山の調子は、お天気評論家である。

「もう梅雨明けだな」

「維持課も楽でしょ、非常配備は少ないし」

横山は非常配備班編成表に目をやっていた。テレメーター室の中仕切りに貼ってある大きな一枚の用紙。マグネットが付いた赤い矢印が、次の当番班を示す。彼の口がまた開く。

「次は七班か、すぐに回ってくるなあ。夏だと雷で、大雨注意報なんてしょっちゅう出るもんね」

「頼むね」

「どうだい、夜も維持課が非常配備したら」

横山お得意の毒舌が始まったと思った瞬間、

「それはどういうことかしら」と三輪さんの冷ややかな声が聞こえた。彼女の視線は図面に注がれている。が、既にそれは、時として不寛容になる女神の癇《かん》に障ってしまったかのよう。

「非常配備やることが多いから、僕たちがやるより専門的にやってもらった方がいいのかなあって」

だめだ、これでは。

三輪さんは顔を上げて、横山を見据えた。あっ！　雷が落ちる。

「私だってズブの素人です！」

「はい」

「変なこと言わないでね」

「はい」

三輪さんは再び図面に向かう。

「そうだよ、変なこと言っちゃいけないよ」と私は笑いを堪えて言った。

編成表を眺めた。

「アンタの班、成本さんがいるから安泰じゃないの」

「とんでもない。あの人調子がいいだけだからね、バイパスの仕事で分かったよ。このあいだ、加藤老人のとこ一緒に行ったんだけど、目の前では是非検討させてくださいなんて調子いいこと言って。車に戻ったら、あんなことできるわけないと、しゃあしゃあと言うんだから。非常配備だって〝横山君頼むよー〟って」

「ボクもそうだよ、経理の係長なんか〝古川君頼むよー〟って」

「おまえは管理だからしょうがない、いや失礼。ホント頭にくるね」

三輪さんはニコリともしない。

六

梅雨明けの発表があった頃、昼からG市役所に出かけた。

七月の上旬、G市在住の男が運転する乗用車が、TK市内で穴ぼこにはまって、タイヤ一本がパンクした。その事故報告書に添付する住民票を交付してもらうために。

バンは大きなトラックに挟まれて、のろのろと進んでいた。遠くの観覧車が、なかなか近づかない。

市役所の用件がすぐに済んだので、港務所に寄ることにした。そこには同期の山崎がいる。

彼と私はいつも冬になれば、ステップワゴンかジムニーにスノーボードを載せて、交代でハンドルを握っていた。ところが昨年の十月、彼は結婚してしまう。

道路も置場もだだっ広い埋立地に、ポツンと小さな建物があって、中には四、五人がいた。窓から遠くに船の煙突らしきものが見える。

私と山崎は廊下のソファーに座った。

「舗装が悪いからいつも穴ぼこが出来てね、タイヤがパンクしたりホイールが損傷したりで大変。ここはどうなの」

「管理瑕疵はないね、港を走るのはごついからね。でも荷捌きとか野積場なんて舗装がボロボロだよ。雨が降ると、至る所で水溜まりが出来てね。これが道路だったら、ちょっとヤバイね」

山崎は、あまり頓着していないようだ。それは彼の性格というより、あきらめの境地によるものかもしれない。

「彼女は出来た？」と山崎が声を弾ませる。

彼女という言葉。私にとってずっと疎外感が漂ってきたその言葉も、今はちょっと違う、いや違うはずだ。それに続くのは、陽子。だけれど、

「全然」と私は答えた。

「早く結婚した方が気が楽だぜ」

「いつのことやら」

山崎と彼の奥さんは、二人揃って私のアパートに新婚旅行の土産を持ってきてくれた。その時、惚気《のろけ》る山崎が羨ましかった。そして当然のように彼と遊びに行くことはなくなった。あんなに冬を待ち焦がれていた山崎は、もういない。

「三輪さんと一緒に仕事ができていいじゃない」と突然山崎が口にした。

「あれ、三輪さんのこと知ってるのか？」

「去年から知ってるよ、ＪＲで一緒になるから。一体誰なんだろうって思ってたら、川島、道路建設課にいるだろ、あの太っちょ。あいつと一緒だったんで聞いたんだよ」

「話したこと、ある？」

「ないよ、でも今度は古川の友人の山崎ですとか言って、隣に座っちゃおうかな」

「浮気はよろしくないな、奥さんだぞ」

「構うもんか」と山崎。

その言葉、その得意げな口調に驚かされた。結婚して、たがが外れたようだ。

部屋に戻った時、島には係長一人が机に向かって書類に見入っていた。パソコンの蓋に貼られた何枚かの付箋。

あの頃、よく電話がかかってきた。担当者が席にいないときは、周りの人たちが付箋に伝言をメモって、パソコンや机に貼っていた。

「何々会社の誰々にＴＥＬしてください」とか、「何市の何々課の誰々からＴＥＬありました」とか。

私への伝言は、専ら佐々木さんと三輪さんが書いてくれた。一番多かったのは、中日本電力への電話依頼だったと思う。

三輪さんの字、「戻り次第、庶務の石黒さんにＴＥＬしてください」

石黒さんとなれば、あの件に違いない。あのキザな担当者の会社が、ちっとも占用料を払ってくれないのだ。

係長が顔を私に向けた。

「鈴木さんが突然来てね……、合意してくれました」

すぐに頭に浮かんだ、穏やかな表情で職員に接する鈴木氏の顔が。

「ほんとですか、よかったですね」

彼なりの事情があったのかもしれない。

「今、課長と三輪さんが所長室に行ってる」

「でも、どうして」

「鈴木さん、今日来た時は、〝少しは変わらないのか〟と言うから、今日も一緒かと思ったんだけどね。三輪さんが〝変わりません〟ときっぱりと。それがよかったのかもしれないね。〝了解するよ〟と言ってくれて」

その場に居合わせなかったことを悔やんだ。了解を得られた時の三輪さんの気持ちを想像するだけで心が弾む。

　電話中、三輪さんが課長と一緒に入ってきて、私が会釈をすると、彼女はニッコリと微笑んだ。

七

　ある日の宵の口、私と井上さんは、街の創作料理の店に入った。テーブル席に座る前田さんは白のポロシャツを着ていた。

「よう、ご苦労さん」と前田さんが手を上げる。

　前田さんは、若い男の店員をチラチラ見ながら、

「とりあえず、これとこれとこれ」とメニューを指さした。

　瓶ビールがテーブルに置かれるや否や、前田さんは井上さんのグラスに、次に私のグラスに注いだ。すかさず私も前田さんのグラスに注ぐ。

　前田さんと一緒に泡立つグラスを見るのは、何年ぶりかのことであった。

「お疲れさまでーす」と三人はグラスを交わす。

「管理瑕疵は落ち着いた？」と前田さん。

「ええ、このあいだ、鈴木氏が了解してくれて……、ホッとしました」

　井上さんの穏やかな顔、執務室にいる時とは別人みたいだ。

　今日は前田さんが井上さんを誘った。彼は井上さんより年上で、仕事上の先輩でもあるから、井上さんの兄貴分である。けれど私は井上さんに対して前田さんの威張った態度を見たことがな

い。二人がロビーのソファーで話している時、「うん、あそこの課長はへそまがりだから、事前に説明しておいた方がいいよ」と親身な言葉が聞こえていた。

「穴ぼこ以外にもいろんな事故があってね」とニヤッと前田さんが笑みを浮かべたのは、不思議な事故だった。

一昨年のこと。サーファーのワンボックスカーが、T市内を走行中、沿道の枯れ木が目の前に倒れ込み、急停車したが間に合わず、フロントガラスが破損した。そして車の中に吊るしてあったサーフボードが、急停車の反動で歪《ゆが》んでしまったそうだ。

「県庁は、そんなことあるのかって言うので、サーフショップに聞き取りに行ったんだよ。そんなことってあるんですかと……。そうしたら当然あるって言うから」

私は箸をつけながらも、懸命に耳を傾けた。それは、単なる事故の話ではない。

「三輪さん、その時は?」と私は聞いた。

「僕は安心したんだけどね。彼女はずっと言ってたな、そんなことってあるのかしらって。だから僕は言ったんだよ。常識では判断できないことが、いっぱいあるって」

ヴェールに包まれたヒストリーの一端を、ようやく知り得た気分であった。

「私たちの仕事は相手を怒らせたらだめだから、大変ですね」と井上さんが口にする。

「僕なんか歳を取れば取るほど、丸くならずに四角になったもんね」

そのとおり。

「前田さんって、怒ると恐いんですよ」と私は顔を歪めた。

「そうなんですか」と井上さんは不思議そうである。

「俺っておまえに怒ったこと、あるか」

怪しい言葉だ。傍《はた》から見れば私はしょっちゅう怒られていたのかもしれない。

「よく工事担当とやってましたね、恐かったですよ」

「直に言って、辞めちゃうといかんからな」

やはり口が悪い。冗談だと分かっていても。

男の店員が何枚もの茶色の小皿をガチャガチャと回収していった。続けざまにビール瓶と素材不明の料理が並ぶ。向こうの席の若い女の子のグループが楽しそうだ。

「青山さん、頑張ってますねえ」と私が口に出す。

「そう、青山さんなんて、ほんと上手。部屋に入ってきた時、目がつり上がってた人も、出ていく時は『今日はありがとうございました』になってるからね。なんでそうなったのかよく分からないんだけど、ちょっとした物言いなんだな。声が聞こえてくるんだけど、上手にしゃべってるもんね」

前田さんは、私を交渉の矢面に立たせなかった。だから彼は知らない。私だって三年目には、どんなにか頑張って、どんなにか上手に交渉したかを。

「いろんなとこで三輪さんや古川君におんぶにだっこで」と、井上さんが申し訳なさそうに言った。

「こいつは成本でもおんぶできるから大丈夫」

「所長と用地課長以外はおんぶできますよ」と私がおどけたら、前田さんから「オレの方が少ないじゃん、オレは課長以外はＯＫ」とすぐに返ってきた。

「松葉杖でも突いてないと、おんぶさせられますよ」

「だからロッカーに杖、入れてんだよ」

私と前田さんが大笑いしても、井上さんは微笑んでいた。彼はお酒をあまり飲まないからか、仕事場とあまり代わり映えがしない。

ビールを飲み干すと、私の喉元に不平が這い上がった。

「それにしても用地課長は嫌ですね。また言っちゃいますけど、あれは維持課の仕事じゃないですよ、責任転嫁の達人ですよ」

「ありゃ、変幻自在、妖怪だね」と前田さんがさらっと評す。すると井上さんが、

「でもこのあいだ、道路建設課の誰かが言ってましたよ、すごい課長だと」

二人の話が、どこかの村に伝わる逸話のように聞こえる。

「そりゃ、変幻自在だから、あいつらには受けがいいの。加藤老人でも所長の前では、何とかなるなんて言っちゃってね。じゃあ、あの課長が一度でも老人のとこいったのか？　妖怪だから姿変えてでも行けばいいのに、それはしないんだね」

「それに比べれば、うちの課長はいいなあ。率先して嫌な人とも話してくれるから」

と井上さんは目尻を下げた。

「僕はあの人のことよくは知らないけど、所長は何となく嫌ってるんじゃない？」

私も同じことを感じていた。課長は維持課の職員のみんなには好かれているはずなのに、何となく所長に疎んじられているのが、解せないのだ。課長は本課の経験も長い。エリートの所長には、叩き上げの用地課長よりも好かれると思いきや、実際は反対なようだ。

「うーん、どうなんでしょう」

「ほんと、人の評価なんて意味ないよ」

彼の口調にまたしても諦観の念を覚えるのであった。

前田さんが言った。

「諒、今度、長坂と海に行くか」


アパートに帰った時、携帯電話に母からの伝言が入っていたことに気付いた。発信してみると、母の弾んだ声が聞こえてきた。

「兄ちゃんとこ、おめでたらしいよ。あなたも叔父さんだね」

母の高揚感と違って、私に特段の感動はなかった。人並みの人生を着実に歩むしっかり者の兄のことだから、こういう日が来ることは分かっていた。ただ、小さな女の子か男の子に『叔父さん』と呼ばれている自分を想像すると、ちょっとうれしかった。

八

駅のロータリーに入ってきたのは、ブラックメタルのワンボックスカーだった。長坂は運転席から出てくるなり、「すいません、後ろの席にお願いします」とペコリと頭を下げた。車中に横たわるサーフボードは、助手席まで被さっていた。

片側二車線の道路を疾走する。車の販売店やスーパーマーケットの看板が次々と流れていく。

「用地課は大変だね」と私が聞いた。

「課長のことです？」

「そう」

ルームミラーに映る長坂、薄い唇とサングラスが似合っている。

「課長は僕らには結構、やさしいんですよ。呼び出されるとドッキとするんですけど、丁寧に教えてくれます」

「そうなんだ」

用地課に配属された古川をやさしく教える用地課長を想像してみた。もしかしていい課長なのかもしれない。

前方に茶色い競艇場の照明塔が見えた。背後に白い雲と青い空が広がる。

雑木林の小路を下っていく。右手の空き地に、ボードを載せた紺色のワゴン車が停まっていた。長坂が「前田さんはもう来てますね」と言ってハンドルを大きく切ると、車体は大きくうねって、ワゴン車の横に止まった。初めて見る景色だ。

ドアを開けた。モワーッとした暖気が押し寄せ、甘ったるい香りが鼻をつく。二本足で地べたを踏んだ。砂地の上。過激な陽射しに目が眩《くら》み、一斉に耳に鳴り響くは、シャーシャーと蟬の声、ザブン、ザブンと波の音。蟬の声はずっと高い所から聞こえる。木々の枝葉が空を覆っている。すぐ向こうに長々とコンクリートの壁、防潮堤が目に入った。

コンクリート階段を数段、駆け上がり、防潮堤の上に立つ。なんて明るいのだ。クジラみたいな島が、キラキラ光る海に浮かんでいる。空も海もすべてが明るい。強烈な暖気と香りが、頭のてっぺんからつま先まで包み込む。

壁のたもとにハットを被った一人の男がいた。色鮮やかなセイルにマストを通している。前田さんだった。私は、何年経っても、あの後ろ姿を思い出すことがある。

私と長坂が、声を掛けながらコンクリート階段を駆け下りると、前田さんは手を挙げて、「よお、ご苦労さん、ちょっと待ってて」とニッコリと真っ白い歯を見せた。

そして再びセイルに向かった。

防潮堤に沿って遊歩道が続いていた。その先に、三角屋根の小さな塔と、ひょろっとした幾本かのシュロの樹、ヨットハーバーの片端が覗く。

強烈な太陽光線を浴びた海辺の回廊、黒い日傘を差した女性が、ゆったりと歩いて来たり、竿を片手に持って懸命に自転車を漕ぐおじいさんが、目の前を通り過ぎて行ったりと、不思議と人が現れる。

私は少し離れた波打ち際に、一人の少女がいることに気付いた。麦わら帽子に青色のワンピース。少女はタモで何かをすくっては、中を見つめていた。

前田さんが立ち上がって、「先にランチにしようか」と微笑んだ。

少女は波打ち際を歩き出す。前田さんは少女の方を向いて、

「あれ、オレの娘、連れてきちゃった」

少女は離れていく。

「美咲、おいで」

少女は振り返って、タモを片手にスキップしながらやって来た。小麦色の小さな顔に納まるぱ

っちりとした瞳。長い手足。

防潮堤の間近まで小高い丘が迫っていて、鬱蒼《うっそう》と茂る木々の枝葉が、壁のたもとに横たわる一本の丸太の周りに陰をつくっていた。

私は前田さん親子と一緒に丸太に腰掛けた。目の前のクジラの島、黒々とした木々に覆われている。沖に、いくつもの白い三角帆が望まれて、モクモクした積乱雲の山々が、霞む半島の上に横たわる。

長坂が青色のクーラーボックスを肩に背負って、コンクリート階段を下りてきた。

彼はボックスから弁当とペットボトルを取り出して、みんなに配る。遠くに見える大きな船、「自動車運搬船だね」と前田さんが指をさす。

「学生の時、積み込みのバイトしたことがあってね……」

白い三角帆は、どこまで行くつもりなのか、うっすらとした陸影の彼方に向かって、さらに遠ざかっていく。

前田さんの横で、美咲ちゃんが黙々と弁当を食べていた。彼女は小学校一年生。前田さんの一人娘だった。

私が「お父さんと一緒にサーフィンしたいでしょう」と聞くと、彼女は首を横に振った。

前田さんは美咲ちゃんの顔を覗き込み、

「もう少し大きくなったらやるよね」

少女は我関せずといった顔で、箸を運び続ける。

長坂と一緒にワゴン車からボードを降ろした瞬間、私は呼び覚まされた。どっしりとした重さと、ざらざらした手の平の感触、これを味わったのは、ついこのあいだのことのような気がする。どんなに時間を経ようが、消えも薄れもしない刻印なのか。今、この腕は、S浜の海辺にボードを運んでいる。

ボードを抱えて防潮堤の上に立った時、波打ち際に父と娘の姿があった。前田さんがタモを支え、美咲ちゃんが覗き込んで手を入れていた。

前田さんと海に入った。

ボードは滑らかに進む。そして右回り、「重心、後ろ！」とまたもや前田さんの檄が飛ぶ。「セイルを返す、早過ぎ！」 雑誌通りにはいかないのだ、何回やっても。前田さんは怒っているのか、呆れているのか。浜辺からこちらを見ている長坂のうれしそうな顔が邪魔である。

前田さんたちが沖で滑走していた。私は繰り返す、遠くの丸太に座っている少女、ゲームに夢中になっているのか、下に目を向けて動くことのない少女を見やりながら。

次第に風が強くなって、波も荒くなった。セイルを引き上げる度に足元はぐらついて、もはや体力と気力の限界に来てしまった。

一人丸太から、ぼんやりと海を見ていた。時々、前田さんや長坂のセイルが見えなくなって、どうしたのかなと思っていると、知らずのうちに水上に現れる。彼らは魔法使いなのだろうか、それとも新種の蝶なのだろうか。

突然の気配に私は振り向いた。美咲ちゃんだった。タモを片手に持って、枝葉の下を身を屈めながら防潮堤の上を静かに動いていた。鋭い眼差しと、しなやかな肢体はまるで豹《ひょう》のよう。動きを止めた。静かに枝にタモを押し付けると、ギイイと短い鳴き声を残してセミは飛んで行った。美咲ちゃんは残念そうな顔をしたものの、すぐに動き出す。彼女の眼差しは、新たな獲物に向かっていた。

その時、私はたくさんの白い大きな三角帆が、ヨットハーバー近くの海に浮かんでいることに気が付いた。いつの間にか沖から戻ってきたのだ。クジラの島は微動だにせず、積乱雲は未《いま》だ半島の上に居座っているのに、三角帆だけが変わった。

コンクリート階段を駆け上がって、周りを見渡した。

三角屋根の小さな塔、遊歩道、自転車、ウィンドサーファー、雑木林……私の脳裏に映し出されたのは、白いハットを被って、すぐそこの丸太に座って、画紙とクジラの島に目を凝らしつつ、一心に鉛筆を動かす一人の女性の姿だった。

前田さんと長坂が海から上がると、三人でポリタンクの水を頭の上から掛け合った。すぐそばに前田さんの屈強な腕と、にこやかな顔がある。肌にこびりついた塩水は、きれいに落ちない。私は童心に返った、何も分かってないくせに、やたら満足していたあの頃、小学時代の。セイルを巻く時、美咲ちゃんが皺にならないように引っ張ってくれた。手馴れた手つきと澄ました顔には、どこか達成感が漂っている。彼女の緑色の虫かご、そこにはセミが入っている。長坂がエンジンキーを回し、ブロロ……と音が鳴った瞬間、ハッとした。大事なことを忘れていた。

私はリュックから携帯電話を掴み取り、

「ごめんね、ちょっと待ってて」と言って、駆け出した。

防潮堤に立った。もう、白い三角帆はどこにも見えない。クジラの島と無人の丸太があった。

写真を撮る。クジラの島、積乱雲。波打ち際まで下りて、貝殻やヨットハーバーを撮った。

夜、陽子に写真をメールした。

九

執務室はガラガラだった。課長も係長も永井さんもみんなが夏休み。この日、出勤していたのは、向こうの島の本田さんと河村さん、それに三人の巡視員、隣の島は夏目さんと内山君。それでも道路巡視員の杉本さんは、朝礼を始めた。

「……今日からオリンピックが始まりますが、私が注目しているのは柔道の野村君です。何しろ私から見てもカッコいいし、三大会連続の金メダルは固いと思いますね……」

杉本さんは柔道より喧嘩の方が強そうである。何しろその髪型と落ち着き払った物言いは、他にはないのだ。

「午後から休みますのでお願いします」

佐々木さんが申し訳なさそうに言った。けれども、本音では誰もが負い目を感じることはないお盆であった。

「はい、分かりました」と三輪さん。

「墓参りに行ってきます。親父の初盆で」

「そうだったですね。お墓はお近くですの？」

「杉崎町なんで二十分ぐらいかな」

管内のあちらこちらの墓地で、T土木事務所の誰かしらが蝋燭《ろうそく》を灯している光景が目に浮かぶ。

「三輪さんは実家へは」と佐々木さんが聞いた。

「盆はちょっと無理なんです。でも正月はできれば帰ろうかと」

「たまには帰ってあげないと、ご両親が寂しがるよ」

帰るという言葉に、私は一抹の寂しさと不安を感じてしまう。もともと大分の人である三輪さんにとって、I県に住んでいるのは仮初めの姿なのだろうかと。

「ところで古川君は、この夏はどこか行くのかね」

今日の佐々木さんは、近所の世話焼きなおじいさんである。

「夏は特に行かないです、涼しくなってから行こうかと。まだ行き先は決めてないですけど」

十時頃、アルバイトの女性が、お盆にブドウを載せて入ってきた。

バイトさんは「これ所長さんからです」と言って、ぶどうが載った皿を、みんなの机の上に置いていく。黒々とした大粒なブドウ。

私たちは工芸教室のように一心に皮を剥き始めた。隣の島も、向こうの島も。

「うわ、甘い」と私は声を漏らした。

三輪さんがブドウに目を凝らしつつ、

「所長から頂いたブドウだからじゃない」と皮肉った。

「ブドウじゃなくて、別のとこで甘くしてほしいですね」

「それが難しいんだな、残念ながら」

所長は三輪さんには、いつもやさしい。その所長のことを、そんなふうに言ってのける彼女が可笑しかった。

「所長はこのメンバーだからくれたのかも」と佐々木さんがニンマリ笑う。

「そうねえ、このメンバーって……、分かった、文句言わない。何かは別にして」

永井さんの膨れっ面、所長室から戻ってきた時の。

「永井さんがいたら、皮剥くのが面倒だとか、種があるから嫌だとか言うからね」

「そういうことなの」

夏目さんがうれしそうにこちらを向いた。


我々にこの日の出勤の意義を授けるかのように電話が鳴って、緊張感なく私が受話器を取った。

「佐々木は午後から休みを頂いております。申し訳ございません。……はい月曜日は出勤します」

「留守電にしちゃおうかしら。三輪は昼から休みを頂いております」

図面を広げ、澄ました顔で色鉛筆を動かす三輪さんであった。

「もう先に入れましたよ。古川は今月いっぱい休みを頂いております」

「まあ、変なとこに頭が回ること」

――ゆったりと時間が流れていく。彼女が塗る図面は相変わらずきれいだ。私はファイルのテプラ張り。

「中日本電力の斎藤さんって、替わっちゃうみたいですね」と私が口にした。

「そうそう、どこか悪かったのかしら、いい人だったのに」

あの当時、電力会社や水道事業者など大きな組織には、申請業務専門の担当者がいて、彼らとはいつも顔を合わせていた。だからその担当者がカウンターに現れるだけで、何となく要件が分かったものだった。

「もうおじいさんだったから分かりませんね」

「でも、今度の担当の方って、ラクダに似てない？」

主役が入れ替わった舞台でも批評しているかのような口ぶりである。

「ラクダですか。すごいこと言いますね。そんなに似てました？」

「今度、見えたらよくご覧になって、そっくりだから」

三輪さんは鉛筆を動かし続ける。彼女の心の中を知る術はない。

十

実家の駐車スペースには銀色のハッチバックが輝いて、二階に上がれば、エアコンをガンガンに効かせて荷物の整理をする兄の姿があった。みんなで遊んだボードゲームやオセロが露わになっている。十分きれいなのに、まだやることがあるのだろうか。義姉は里帰りしたらしい。

カーポートに母のヴィッツが入ってきた。

青柳の稲穂に囲まれた墓地は、目がくらくらするような炎天下の中でも、あちこちに老若男女が散見されて、お盆らしさを醸していた。

私は、蝋燭の灯のゆらめきを横目にしながら、水汲み場に向かった。木桶《きおけ》を模したプラスチックの容器を添えて水道の蛇口を捻れば、ザーッと涼しげな音が鳴る。

私が柄杓《ひしゃく》で水鉢と花立てに水を入れ、母がそっと白菊とホオズキのみずみずしい束を生けた。兄が蝋燭をマッチで灯して、線香を焚《た》く。

帰り路の回転寿司屋は、家族連れで賑わっているにもかかわらず、兄は「入っちゃうよ」と言って、ハンドルを切った。

家に戻った時、赤味を帯びた陽光が、一層暑さを感じさせた。「冷えてるわー」と私は冷蔵庫から缶ビールを取り出して、ダイニングテーブルに並べた。兄と私は、お寿司を小皿に移し替え、手酌でビールをコップに注ぐ。

去年のお盆と何も変わってないように見える。テレビで金属バットの音を聞きながら、お寿司を食べているのも同じだ。兄の顔も変わらない。相変わらず細面で利発そうな目をしている。その兄がいつの間にか結婚して子供までつくっていた。

「兄さん、そろそろ分かる頃じゃないの、男か女か」

「生まれるまで分からんじゃないの」

「そんなことないでしょ、エコーをみればすぐ分かるじゃん。ねえ母さん」

「どっちでもいいよ、無事に生まれてくれればね」

いつまで経っても、私と兄の仲立ち人はキッチンに立つ母なのだ。

「ところでおまえ、やけに詳しいな。なんで?」

「まあまあ、兄さんは女の方がいいんでしょ」

「そりゃそうだ、名前考えるだけでも楽しいわ。ハルナとかナナミとか。今流行《はや》りは何か知ってる？　サクラだって。意外に古風なんだよな。でも秋になったらどうするんだろう。とにかく今って〝子〟を付けないんだよね」

「ボクは〝子〟がついてないとダメだな」

「おまえには聞かないからいいよ」

　兄は小さい頃から妹を欲しがっていた。小学生の頃私は、兄から「おまえが妹だったらよかった」と言われたことがあった。その言葉がずっと頭にこびりついている。兄が女の子を望んでいることは、間違いない。予定日は一月末だそうだ。

「今年は、どこにも行かないの」と兄が聞いた。

「行きますよー、まだ行くとこは決めてないけど」と私は答えた。

　お吸い物をテーブルに並べながら、「ほんとにねえ。来年ぐらい諒も結婚したら、今年が最後かもしれないね」と言った母は、少し寂しげだった。

「何言ってんの。あと五回は行けるよ」

「五回で済めばいいけどな」と兄はニタニタして言った。

　母は何も言わない、穏やかな眼差しをしている。それでも母は、私に彼女が出来たことだけは知っていた。

　夜、三人でオセロを囲む、オリンピックそっちのけで。兄は「何年ぶりかな」と言ったくせに、どこかで練習してたんじゃないかと思うほど強いのだ。ニヤリと笑って、

「ここに置くとどうなるかな」とか言っちゃって。

朝からテレビの画面は、柔道、水泳、サッカー……オリンピックばかり。兄がまた野球に替えた。三人でお昼を摂ってから私は実家を後にした。

エアコンを効かせた薄暗い部屋に入った時、飼育ケースの中で横倒しになっている金魚が目に飛び込んだ。慌ててカーテンを引いて確かめた。三輪さんの金魚は、体を揺すって、ひょうきんに泳いでいた。

一匹が死んだ。昨日までは元気だったのに……。

私は名前を付けた。三輪さんの金魚に「ジャンヌ」、尾びれが少し黒い金魚に「ジャン」、もう一匹は「フィス」。

自分しか知らない名前。

十一

月曜日の朝、維持課執務室は、いつもの熱気が戻っていた。

「……いやー、開会式はよかったよ、まるで劇みたいだったね。それにしても日本は目立ってたね。派手なシャツ着て、うちわ持って……」

課長が一方的に夏目さんに話しかけている。ひたすら頷く夏目さん。永井さんが入ってきた。

「野村君、カッコよかったわね。最後はハラハラしたけど」

三輪さんが椅子を回して、

「おはよう、もう、これで安心してられるわ、でも見てる方も大変だったわ、長くて」

「何、アンタ、ファンだったの？　私もだけど」

私は想像した、あっけなく背負い投げが決まったその瞬間、三輪家のソファーで、目を見合わせる二人の姿を、ご主人は全くのイメージで。

朝礼が終わるや、カウンターに両手を突いた男が「おはようございます」と会釈する。

彼は中日本電力の山本さん。

「電柱の建て替えです」と、私に『道路占用許可申請書』を差し出した。

私は懸命に笑いを堪えた。山本さんの顔は愛嬌《あいきょう》たっぷり、長いまつ毛はラクダそっくり。振り返ると、三輪さんは無理やりのように下を向いた。

盆明け初日は、こうしてダラダラと始まった。


そんな日も、天井のエアコン口から吐き出されていた冷風がやめば一気に暑くなる。

課長が「ちょっと今日はご無礼」と言って、そそくさと部屋を出て行った。

間もなく終業時間を迎える。なぜか私だけが時間に追われていた。係長が、「天気予報だと、来週は少しは涼しくなるらしいよ」と口に出す。

「ホントですか」と三輪さんは心配そうだ。私は手を休めて、思い切り背を伸ばす。

「歩道点検はいつなの」と永井さんが椅子を回すと、三輪さんは振り返って、

「来週の水、木よ」

「どう考えても『ふれあい月間』が八月なんてつらいなあ、暑すぎて、触れるとやけどしちゃうよ」と佐々木さんが得意げに言った。

その途端、「うまい、それ」

弾んだ声、三輪さんの思いにぴったりなのだ。

「去年、アンタ死んでたもんね」と永井さんが気の毒そうな顔で慰めた。

以前、三輪さんは「張り切り過ぎちゃった」と微笑んだ。しかし私はその笑みの中に、何か違う理由が隠されているような気がしたのである。

「圭子さんも歩道点検、参加したら」

「私らの堤防点検だって大変なのよ。草だらけで服いっぱいに付いちゃう。茶色のとがってるのが」

佐々木さんがにっこりした。

「それは〝ひっつき虫〟だね。正式に言うとセンダン草だね」

彼が、地域を知り尽くした植物学者に見えてきた。

「あれ、何とかなんないの、あんなのと触れ合いたくなんてないわよ」

永井さんは口を尖らせる。

みんなの笑いの中、三輪さんが、

「圭子さん、お上手」

「付いちゃったら軍手で擦《こす》ればすぐ取れるよ、みんな軍手に付くからね」と私が口出しした。

するとと永井さんは、

「軍手に付いたのは別の軍手でとるわけ?」と突っ込みを入れた。

「そうです」

「堤防点検はいつですか」と係長が聞いた。永井さんは「十月です」と即座に答えた。

「いいよね。私だけ十月に歩いてこようかしら」

三輪さんの忌避感はいかばかりか。

「それがいいですよ。二倍歩けますから」と私が茶化す。

「そうでしょ」

終業のチャイムが鳴って、次々とパソコンが閉じられた。係長がおもむろにうちわを動かして、

「オリンピックもさぞ暑いだろうね」と続けた。

「どうなんでしょう、日本みたいに湿気はないんだろうね」

真面目な顔をしてこう言った永井さんは、結構、博学なのである。

佐々木さんはショルダーバッグを肩に掛けながら、うれしげに、

「カレーハウスのインドの人が言うにはね、日本の方がつらいんだって」

「あーやっぱり、世界一つらい歩道点検なんだ」と三輪さんが嘆くなか、佐々木さんはニコニコ顔で、「それじゃお先」と手を上げて、扉へ向かった。

佐々木さんと入れ替えのように、横山が入ってきた。彼が佐々木さんの椅子に座った時、電話が鳴った。

「今から来てくれませんか」と石黒さんの甘えた声だった。

横山が私を見据えて、「忙しそうだね」とお気軽そうに言ったので、「占用料の滞納なんだよ」

と語気を強めて返した。

横山はくるっと椅子を回して、

「ところで、みんな知ってる？」と声を弾ませた。

「なんでございましょう」と永井さんの椅子もくるっと回る。

「港務課の高瀬って知ってる？」

「知ってるわよ、去年一度ここに来てるから」

「逮捕されたらしいよ」

横山のうれしげな口調は、あたかも指名手配中の逃亡犯がドジでも踏んで捕まったかのようだ。

「ええー？　どうして」

「女子高生とやらかしたんだよ」

私は書類の整理をしつつ、横山の話に耳を傾けた。この時ばかりは、夏目さんも内山君も佐野さんも、信者のように聞き入っていた。

「そういう人がいるから、私たちがいつも怒られるのよ」と永井さんの憤懣をぶちまけるような声が聞こえた。

「庶務に行ってきます」と、私はようやく重い腰を上げた。

十二

夕暮れ迫る花火大会の最寄り駅は、浴衣姿の若い男と女がひしめいて、ロータリーに並ぶ小奇麗な乗用車が、あちらこちらで女が乗り込むたびに、バタン、バタンとドア音を響かせていた。雪駄履きにうちわをパタパタさせている男、下駄履きに巾着を提げている女、これから始まる祭礼の衣装は厳格であった。

私は初めての衣装に恥ずかしさを覚えながら、改札口の外で待っていた。

都心からの電車がホームに停まると、はじけるようにドアが開き、たくさんの浴衣姿が飛び出してきた。

紺色の浴衣姿の陽子が、ノロノロと改札口を進んでいた。彼女も巾着を提げている。

前も後ろもたくさんのカップルが、ゾロゾロと歩く。会場まで一・五キロの道のりは、笑んだ女の頬と、やさしそうな男の眼差しでいっぱいだ。

動き続ける赤い鼻緒の上に陽子がいる。うれしかった。私は初めて祭礼に参加する子供なのだ。

〝花火の時はいつも浴衣？〟と私が聞いた時、陽子は言っていた。〝浴衣は着ないわ、女の子同士で着てても、ちょっと寂しいからね〟〝着る機会なんてなかなかなくて〟

それでも浴衣姿がよく似合う。巾着なんて毎日持ち歩いているかのよう。片や、トートバッグなんか提げてる私は全然よろしくないのだ。

途中にコンビニエンスストアがあった。衣装を纏った男や女が、次々とレジ袋を提げて出てくる。彼らの顔には、満ち足りた気分が溢れていた。準備万端、すべてが予定どおり、あとは暗くなるのを待つだけ。

花火が上がるたびに、陽子の横顔が鮮明になる。不思議な気持ちだった。

……陽子はなぜここにいるのだろう。彼女は職員名簿には載っていないし、役所の誰もが知らないのに。陽子は、私の横で同じレジャーシートに座って、一緒に焼きそばを食べて、ウーロン茶を飲んで、花火を見ている。

デートの時、彼女のことを少しは知った。生まれてからずっと都心育ち、家族は両親と弟。中学時代は二年生までソフトボール部だった。その理由《わけ》を聞くと、煙に巻かれてしまった。映画に行った時、陽子はハンカチを出していた。

不思議な陽子、可笑しな陽子。トイレに行っている間に消えてしまったらどうしよう。

「ソフトの時はどこ守ってたの」と私は聞いた。

陽子は「どこだと思う？」と逆に聞いてくる。

「セカンドでしょう」

「ざんねーん、ショートでした」と明るい声が返ってきた。

「何番だったか分かるかな」

「一番」

「当ったりー、なんで分かったの？」

「何でも一番が好きそうだから。いやいや、陽子ちゃん足が速いから、みんなヒットにしちゃうんじゃないの、イチローみたいに」

「そう、何でもかんでもヒット、バットに当たればヒット。うそ、うそ、背が低かったからみんなフォアボール期待してたわけ」

陽子と一緒にいると、おまえが妹だったらと言った兄の気持ちが分かるような気がする。彼女は不思議の国からやって来ては、私を不思議の国へ連れて行ってくれた。

突然の涼風が陽子の髪を揺らす。もう終わりなのか、浴衣の季節も。まだ一回なのに……。

帰りは浴衣姿の大移動となった。灯りの乏しい歩道を、人波に任せて歩く。車道は赤いテールランプの光が、はるか向こうまで数珠をなし、それは動いていなかった。

ごった返す駅。拡声器を持った駅員が、臨時電車のアナウンスを繰り返す。反対のホームを埋め尽くした人だかりの中に陽子の顔が見えた時、二人は互いに手で合図した。

私に向けられた陽子の笑顔。都心方面行きの電車が滑り込んできて、容赦なくそれをかき消すと、私はキツネにつままれたような気持ちに襲われた。

――ただ願うばかりであった。あの笑顔を失いたくないと。

十三

歩道点検で見つかった危ない所は、早く何とかしなくてはいけないことぐらい誰もが分かっていたけれど、予算が足らないので、修繕できる所は限られた。グレーチング事故があったので、歩道の側溝蓋の点検が重点項目だった。

二人一組の五班を編成して、二日にわたる点検行程が組まれた。私と本田さんの班は一日目の午後と、二日目の午前である。

仕出し弁当を食べ始めた頃、窓は光に満ち溢れ、会議机からは、永井さんと青山さんの声が聞こえていた。

三輪さんと鷲野さんが帰ってきた。事もなげに席に向かう鷲野さん。作業着姿で首にタオルを掛けた三輪さんは、「ご苦労さまでした」とみんなからの労いの言葉を受けながら、ハットとメジャーを机に置いて、漠然と下に目を向ける。机の上には、供覧文書を挟んだバインダーが何枚も重なって、外回りを終えた者に容赦のない追い打ちをかけるのである。

課長は箸を休めて、「今日は暑かったでしょ」とニコニコ顔を向けた。

「はい、当てがはずれました。陽炎《かげろう》がゆらめいてましたから」

三輪さんの少し乱れた髪がそれを物語る。

「昔は、盆が過ぎれば少しは涼しくなったのに、今は、もっと暑くなるもんなあ」

「ほんと、そうです」

三輪さんは、腰を下ろして、バインダーを手に取った。

「冷蔵庫にかき氷入ってますよ、課長の差し入れ」と私が伝えた。

「ありがとうございます」

私が「鷲野さん、冷蔵庫にかき氷ありますよ」と声を張り上げると、立ち姿の鷲野さんは、顔色ひとつ変えずに手で合図した。

「悪いとこだらけでしょ」と課長が聞いた。

「いっぱいでした。最初、挙げてたとこも、だんだんと、まっ、いいかになっちゃって」

「予算がないから、少しずつしかできないしね」

永井さんと青山さんが近寄ってきた、評判の悪いボランティア活動に出かけた妹か姉を労うかのような気配を漂わせながら。

「三輪、ご苦労さま。今年は顔色いいじゃない？」と永井さんが冷やかすと、三輪さんは彼女を見上げて、

「そう？　ようやく点検のコツが分かったんじゃないかしら」

「さすが三輪」

この奇妙な連帯感、男にはない。

「そうそう、由紀ちゃんが言ってた店、もうオープンしてたわよ。すごく混んでた」

偵察員みたいな三輪さんである。

「え、ホント？　行こうね」

青山さんの弾んだ声に、三輪さんはニッコリと頷いた。

「点検した甲斐《かい》があったねえ」と、したり顔の永井さん。

彼女たちのしたたかさを、見習わなくてはいけない。

「さあ、食事、食事。いっぱい歩いたから」

三輪さんは意気揚々と部屋を出ていった、一仕事終えた満足感に浸っているかのように。

係長と中根さんが帰ってきた。


本田さんが住宅地図のコピーを挟んだバインダーとカメラを、私が赤白ピンポールとメジャーを携えて、歩いては止まり、歩いては止まりを繰り返す。上半身は強烈な陽射しに晒されて、下半身は舗装から湧き上がる熱気に覆われていた。

側溝蓋の亀裂は至る所にあった。

「あー、ここも割れてるね」

私が赤白ピンポールを側溝蓋に当てて、本田さんがカメラに収める。そのつど、二人は住宅地図を睨みながら、「うーん、反対の家がこれだから、ここじゃないかな、いやこっちかな」とか言って、場所の確認に苦労した。

危ない所はいろいろである。歩道の段差や転落防護柵の隙間を発見すれば、メジャーを当てた。

この日、本田さんが住宅地図に書き付けたたくさんのメモ。それは修繕費がとてもじゃないが足りないことを如実に表していた。

日中の暑さは変わらずとも、日没時刻はいつの間にか早くなっていて、残業をしているうちに夕暮れが訪れた。か細く鳴いていた銀杏並木のコオロギは、少し気温が下がった夜、コロコロ、コロコロコロと合唱していた。

「おはよう」と部屋に入ってきた佐々木さんが、キャビネットに掛かるカレンダーをビリビリと剥ぎ取った。九月になった。

あの年の秋は、境界確定の申請がたくさんあって、現場に出掛けることが多かった。

井上さんと行った境界立会いは大変だった。夕方五時に現場を発《た》ったものの、幹線道路の大渋滞に巻き込まれ、事務所に着いたのは七時半。あの時、バンの中から私たちが見たものは、真っ暗な事務所の建物だった。

出張所時代を懐かしんだ。夜の用地交渉を終えて所に戻った時、プレハブの建物が暗闇に静まり返っていたことも、たびたびであった。地主に言われっぱなしの用地交渉。それでも部屋に灯りが灯った時、何とも言えない安堵《あんど》感に包まれた。それはいつも秋だったような気がする。

都築氏のグレーチング事故は、見通しが立たないまま時間だけが過ぎていった。私たちが、「徐行していれば、なかなか起こり得ない現象と思われますが」と鷲野さんの車の録画を見せても、都築氏は、「そんなの車とかタイヤによって一概に言えないいんじゃないの」と聞く耳を持たなかった。

ある日、係長が受話器を取ると、声が裏返った。

「……そうですか、――本当にありがとうございます。――はい、詳しいことは、あらためて……」

都築氏が過失割合を了承してくれた。この時、私たちが抱えていた管理瑕疵の案件は、すべて示談の見通しがついたのである。

課長は、

「よかったなあ、ゆっくり温泉にでも浸かってくるよ」と頬を緩めた。「鷲野さんの車、傷が付いてないよね。もし付いてたら私が弁償するからね」……思いつきのような言葉が続く。

その頃、永井さんが、交友会会場までの送迎バスの人数確認をしていた。会場はNホテル。T市の中心地から少し離れた所に、ひときわ高くそびえていた。

十四

見慣れた人たちとぎゅうぎゅう詰めになって、私はホテルの最上階へと運ばれる。エレベーターから吐き出されるや否や、扉の向こうで煌《きら》めいている夜景に、目を吸い寄せられた。

窓辺に寄ると、T市の灯りはずっと向こうの方まで広がって、TK市やG市の灯りに連なっている。それは、管内の市と町が一体となって、夜の正体、その美しさを私たちに披露しているかのよう。

水平線のかなたの残照が、空を藍色に染めている。私は思う、なんとまあ、すばらしいところに勤めていることかと。

左手の暗闇は海だろう。点々と配置された船の灯りは、全く動かない。

花飾りのテーブルは、たくさんの銀の容器が輝いて、色とりどりの食材が間もなく私たちに掻き乱されるのであった。所々に密集するビール瓶、その傍らのウイスキーや焼酎が、みんなの食欲をそそっている。

立ち姿の私たちは、三々五々、よもやまの雑談を交わして、立食パーティーの始まりを待っていた。所長の挨拶に続き、幹事長、前田さんの挨拶が始まると、アシスタントの女性たちがビールの栓をスポッ、スポッと抜いていく。総務課長の乾杯で交友会が始まった。

宴の初めの頃、用地課長や道路建設課長たちが所長を囲んでいたり、三輪さんが青山さんと話していたり、内山君や長坂たち若手同士が集まっていたりと、いつもの事務所の光景がそのまま、運ばれて来たかのようだった。

私のそばに、グラスに口をつけながら目を細める本田さんと、お皿に載せたローストビーフを頬張る川島君。本田さんの目線の先は、男性陣に囲まれた青山さんだ。彼は白い顔を赤くして、「青山さんっていいねえ」と漏らした。

本田さんは几帳面《きちょうめん》で、真面目を絵に描いたような男なのに、酒が入ると思いもよらない言葉を発するから、可笑しいのだ。

「どうです、攻めちゃいましょうよ」

すると川島君が、

「青山さんは、うちの成本さんが惚れてますよ」ともぐもぐと物申す。

「悪いけど、それは無理だ、本田さんの方が断然いいね。だいたいどれだけ歳が離れてるの」

「ボクもそう思いますけど」

「本田さん、頑張ってよ」

「いやー」

本田さんはグラス片手にのけ反った。

既に何人もが、壁際に並ぶ椅子に座っていた。首を項垂《うなだ》れて寝ている人もいる。前田さんが「どんどん食べてね」と言って、ニタニタ顔の水谷にビールを注ぐ。

永井さんが入ってきた。

「バイキングにしてよかったね」

「しかし、すごい量だね、まだ大分残ってるね」と前田さん。

「食べ残しちゃいけないわ。諒君、もっと食べなさいよ」

「昼、食べずに来ましたよ。二人分は食べてますね」

「あとで消化剤あげるから。もっと行けるでしょ」

「はー、それなら所長と用地課長にあげなくっちゃ」

「まずは、俺にちょうだい」と前田さんが唸った。


あちらこちらから笑い声が耳に入ってくるけれど、もう聞き取れない。すべてが混じり合って、さながら職員が演じる壮大な舞台劇のようだ。

三輪さんが成本さんたちと話している。何やら楽しそう。成本さんと目が合って、彼が合図した。三輪さんも気付いたので、私はグラスを持って、寄って行った。

「今あなたの話をしかけたところですよ」と言った成本さんは、まるで閻魔《えんま》大王である。

「ボクですか?」

「そう、この人が描いたのは、欲望の塊らしいですよ。去年、言ってました」

「何それ」と目を輝かす三輪さん。

すぐに思い出した。O駅前の居酒屋のごつい木のテーブル、相好《そうごう》を崩して絵の話をする成本さん。私はついつい調子に乗ってしゃべってしまった。

「中学生の時、家で描いたみたいですよ」

三輪さんは首を傾げながら、

「何を描いたのかな」

彼女が手にする琥珀《こはく》色のグラスは、ウーロン茶。

「分かった、梨をたらふく食べてる絵」

なんという絵なんだ。確か路面電車で、一番好きな果物は梨だと言ったことがある。三輪さんはイチゴだ。

「違うんです、そんな食欲なんかではありません。この人が何を描いたと思います？　女性を描いたらしいですよ」

「まあ」

「どういう絵かは、この方の名誉のために伏せておきますが、何しろ中学生の古川が描いた絵ですから」

何を言われようが、へっちゃらだ、酔っぱらってるから。でも三輪さんの前では、ちょっと恥ずかしい。

「その絵、見せてよ、捨てちゃったの？」

真面目なのか冷やかしているのか分からない。ずっと溜めていた言葉が湧き上がる。鉛筆描きの絵、ペチャンコの車と鬱蒼とした街路樹。そこからの絵はすべてイメージなのだ。

「僕の絵なんかより、三輪さんの絵見せてよ」

成本さんはテーブルのビール瓶を掴むと、

「そうです、こんなクソガキの絵より、あなたの絵の方が私も見たいです」

こう言って、私のグラスにドボドボと注いだ。

「うーん、みんな、私を困らせて」

あの時、あのホテルの最上階には、みんながいた。三輪さんも、前田さんも、永井さんも、本田さんも、成本さんも……。

十五

九月の下旬は雨が降ったり止んだりと、はっきりしない日が続いていた。

本降りの日の翌日、ようやく陽が射した。朝、隣の島には、永井さん一人がぽつりと座る。さしもの永井さんも、後ろ姿が寂しそうだ。彼女が椅子を回した。

「この三人、最後の夏休み、みなさんお取りになったよね」

「何にもしないうちになくなってました」と私が言うと、「今年はどこにも行けなかったなあ」と佐々木さんがこぼした。

永井さんの顔が得意満面になる。

「私、来月も行っちゃうからね、今度は箱根」

彼女の夫は県の職員で、二人の子供は既に高校生と中学生。二月に一回ぐらいのペースで昔の仕事仲間と旅行に行っている。彼女は、「好きなこと我慢してるなんて、もったいないわよ」と羨ましくなるほど、屈託がないのだ。

新聞を広げていた課長が、顔を上げた。

「箱根かね。一度、あそこの温泉に行きたいんだけど、一回も行ったことないな。どこもみんな高そうで」

課長は趣味が旅行と言っていた割には、行っていない所が多そうなのである。

「泊まるのは熱海なんです」

電車の中でお淑やかに笑ってたら、おじさんに睨まれたわ……。永井さんにとって、友人のワンボックスカーに乗ってワイワイ気ままにいくことが、何よりらしい。

「いいなあ、箱根」と書類を捌きながら三輪さんが呟いた。

「何言ってんの、あんたなんか、いつでも旦那に好きなとこ連れてってもらえるじゃない」

「あ〜、また言った」

その声には呆れと怒りが混じっている。

三輪さんのご主人が、長距離運転を嫌がることを、彼女の口から聞いていた。それでも新幹線やバスで神戸や金沢に行っている。課長のにこやかな顔が私に向けられる。

「古川君は、どこにも行かなかったの？」

「来月、尾道行ってきます」

「尾道かあ、先を越されたな、私もあそこへは是非行きたいと思ってたんだよ」

母は倉敷より西に行ったことがなかった。尾道は母が選んだ。私が「坂が多くて大変だよ」と言った時、「美ヶ原でもう歩けないと言ったのは誰だったかな」と母は笑った。

「レモンケーキ、忘れないでね」と永井さん。

「新幹線で行くんでしょ？」と課長がまた聞いた。

「車です」

「えー？　結構遠くないかい。でもまだ若いのでいいのかな」

車が好きだった。運転も、プライベート空間も。それにヴィッツなら小さくても快適だ。尾道も車で行くことに決めていた。随分前に三輪さんたちの口から懸念が出ていたけれど。

「この事務所が遠いなんて言ってた人からすれば、びっくりするぐらい遠いわよ」

「高速でしょ。高速は単調だから眠くなるしね」

井上さんまで。

「問題はあなたが一人で運転することね」

そんな、〝問題〟だなんて大袈裟《おおげさ》な。

「しまなみ海道にも行きたいし、母も少しは運転するから、大丈夫ですよ」

「私だったら新幹線にするわ。寝ててもいいし、景色見ててもいいし、本だって読めるじゃない」


夕方、背広姿の中年男が訪れた。穴ぼこ事故だった。会議机で三輪さんと本田さんが応対していたが、何か別の話でもしているのではないかと思うほど、静かであった。

ＴＫ市に住むその男――三輪さんが簗瀬《やなせ》ってとても書けないわ――はＴ市内の街道を自動車で走行中に穴ぼこにはまり、ホイールを損傷したとのこと。

「穴ぼこでも、ああいう方が見えるのね」と三輪さんは、ほっとしていた。


佐々木さんがカレンダーを剥ぎ取った。十月である。

朝から太陽が燦燦と照り付けて、永井さんが首を動かしながら、日焼け止めクリームを塗っていた。

三輪さんが、「圭子さん、気合入ってるわね」と茶化したら、

「当然よ、何事も気合。ね、内山君」

隣と向こうの島の面々、その半数近くがゾロゾロと、解放感を滲ませて部屋を出て行った。堤防点検の第一日目であった。


雨は昨夜から降り出した。予想降雨量は二〇〇ミリから三〇〇ミリと、テレビニュースは伝える。雨靄《あまもや》の中、T駅の転回路に、係長の輪郭が入ったカローラが停まっていた。

「ありがとうございます」と、私が助手席に、三輪さんが後部座席に滑り込む。

カローラのワイパーはけたたましく動き続けても、滝のように叩きつける雨には、なす術はなく、前方車両のテールランプしか見えない。


蛍光灯の発する白色の光は頼りなく、窓から仰ぐと、空の色は黒色に近かった。時折、ゴーと恐ろしげな雨音が聞こえてくる。三輪さん、永井さんがテレメーター室に入っていった。

鷲野さんと本田さんは、しばらく受話器を離していない。通行止めの表示を、現地の業者に依頼していた。中根さんが急ぎ足でやって来ては、通行規制の伝言メモを置いていく。私と係長は、県庁や警察や消防所や、市役所やバス会社に電話をかけ続けた。

「T土木事務所です。松原街道のアンダーパスは十時に通行止めです」

程なく、すべてのアンダーパスとすべての雨量規制道路が通行止めになった。雨音はゴーと鳴り続け、水位表示計の数字がみるみる大きくなっていく。モニター画面の時間雨量は、禍々《まがまが》しい

赤色で五十ミリと表示された。レベルⅢの水位を超えた。佐野さんが河川の巡視を依頼する。

昼前、雨は小降りになった。水位表示計の数字は、少しずつ大きくなっていったが、一時間後、減少に転じた。

記録的な大雨の翌日は、うそのように空が澄み渡っていた。

「大雨が降るとね、海に穴ぼこは出来ないけど、困るのはごみだらけになることね」と永井さんは口を尖らせながら机の下の運動靴に履き替えた。早急に港や海岸に流れ着いたごみの撤去の手配をしなければならない。

二係の島が静かになると、一人残った佐野さんが、重圧から解かれたように背伸びをした。

十六

十月七日の木曜日は、豪雨の翌々日である。

朝、私は島のみんなに「昼からＴＫ法務局に行ってきます」と伝えた。

「悪いけど、ついでに住民票、取ってきてもらっていいかな、一枚」と三輪さんが言った。

「ＯＫ」

Ｔ市の穴ぼこ事故の当事者、簗瀬さんの住民票だった。

午前中、設計事務所の荒井さんが「乗入工事申請書」を持ってきた。ドラッグストアを開業するために乗り入れ口を作りたいとのこと。申請図面には、二か所の乗り入れ口が描かれていて、一つが横断歩道のすぐそばにあった。私がもう少し離せないかと頼んでみると、「分かりました」

と調子のいい返事が返ってきた。

ＴＫ市へのルートに鎌谷街道を選んだ。片側二車線の直線道路を快調に走っていたら、右前方にニョキニョキと何台もの高所作業車が目に入った。電柱の建て替え工事中、反対車線は一車線が規制されていて、車が溢れていた。

法務局で登記簿と図面のコピーをもらって、すぐ隣のＴＫ市役所へバンで移動する。駐車場はいっぱいで、キョロキョロと空きスペースを探した。

ざわざわとした住民課、私は大きな数字の整理番号を持って、見知らぬ人たちと一緒にソファーに座っていた。途切れなく応対する若い女性職員に、ついつい見惚れてしまう。

バンのエンジンを回した時、私の頭をよぎったのは、鎌谷街道の車線規制であった。復路は戸倉街道を思いつく。

大きな川に架かる橋を越えて、Ｔ市に入る。ビニールハウスがあって、昔ながらの集落が続いて、黄金の田んぼが広がった。稲穂が波打っている。

「事務所まで、あと少し」と思いつつハンドルを握っていたら、反対車線に穴ぼこが目に入った。

バンが門扉のレールを越えたのは、午後三時だった。

部屋に入った時、係長と中根さんが会議机で痩せた若い男と話をしていた。

佐々木さんが「お帰り」、立て続けに、

「さっき、課長と三輪さんが所長室に呼ばれてね、すぐに行ってもらえる？」と言った。伝言の付箋を見ている私の耳に、「車がお釈迦《しゃか》になったんですよ」と大きな声が入ってきた。

所長室の扉をゆっくりと開けた。応接椅子にでんと腰を下ろした所長と、背筋を伸ばしてソファーに座る課長と三輪さんの姿があった。

所長が部屋の隅に置かれている丸椅子を指さした。私はテーブルの上に広げられた小出氏関連ファイルに目をやりながら、丸椅子をソファーの横に置く。課長は私の方を向いて、ぼそっと、

「知事から質問があった」

道路建設課長がソファーに腰を下ろし、水谷が私の向かいに丸椅子を据えてから、「ちょっとめんどうなことになってね」と所長が話し始めたその中身は、こうである。

小出氏は、自社のお菓子を国際展示場で開催された物産展に出品した。出品者の懇親会があって、そこに知事が顔を出した。小出氏はその場を借りて訴えた。「払い下げ、何とかなりませんか」と。

知事に直接、説明する必要はないが、本課が概要と対応方針をペーパーにまとめたものを秘書課に提出することになっている。本課は明日中にペーパーを作りたいから、事務所は払い下げができない理由と経緯を早急に送ってほしい。

「でも、我々は何て言えばいいんでしょう。払い下げができないのは本課だってよく知っているはずですが」と課長が眉を顰めて言った。

「そんなことは承知の上だ、事務所がどう考えてるかだよ」

所長は腕を組み首を反らして目を閉じた。まさに〝考える人〟である。彼はいつもこんなふうに思索を巡らし、難局を乗り切ってきたのだろうか。

パッと目が開いた。

「あそこは通学路だから、いつかは、やることになるんだろうね」

傘を差した小学生が歩いていた。拡幅の必要性を整理して、整備のスケジュールを想定することが所長の考えだった。

「悪いが明日は休むので、今日中にまとめてくれんかね。道路建設課長、頼むね。それと、今までの経緯、買収と告示の経緯、小出氏の主張もコンパクトにまとめてほしいな。維持課長さん、いいかな」

「はい」

所長室から退出した時、「今までの資料を加工すればいいからね」と課長が言って、三輪さんが「はい」と答えた。課長は道路建設課長と階段を上がっていった。

階段を下りながら、三輪さんが、「部屋にお客さんいたでしょう。あの人、冠水したアンダーに突っ込んで、車が動かなくなったんだって」と心配そうに言う。

私が扉を開けた途端、大きな声が響いた。声の主は痩せた若い男だった。係長と中根さんが、男の前でじっと座っている。

「資料は僕がつくりますから」

「お願いね」

三輪さんが会議机に座ると、男の声は静まった。

フラットファイルに目を落とし、私はキーボードを打ち始めた。

係長がやって来て、

「今から冠水事故の車を見てくるね」と私に告げた。係長と三輪さんは忙《せわ》しなく部屋を出て行った。

「通行止めの表示は出てたのに、あんな言い方されてはね」と中根さんの恨み節や「アンダーパスは怖いね。あっと言う間にプールになっちゃう」と佐々木さんの砕《くだ》けた喋《しゃべ》りが、劇の台詞《せりふ》のように聞こえる。

いつしか、会議机では課長が、鷲野さんと本田さんと話し込んでいた。洩れてくる言葉から、TH市内の山岳道路で大きな落石があったことを知った。程なく彼らはいなくなる。

課長が戻るや否や、小出氏の資料を見てもらった。

「ちょっと省略し過ぎだな、これじゃ意味が通らんじゃない」と課長は指摘した。

修正し終えた資料を持って、私は三階に駆け上がった。道路建設課長と水谷が、むずかしい顔で打ち合わせをしていた。

私が「維持課分です」と二人の前に資料を置くと、道路建設課長は、「払い下げは本当にできんのかね、こっちはそんなに簡単にできんよ」と愚痴を言う。私は立ったまま、「維持課の資料だけ先に見てもらいます」とだけ断って、部屋を後にした。

――いい気味である。

所長室の扉は開いていた。

「今、よろしいでしょうか」と課長が窺うと、所長は机の上の山のような書類を前にして、印鑑を押していた。

所長は応接椅子にドカッと腰を下ろして、資料を手に取った。

睨み付けるような目、それには誰もが竦みそう。それでも所長に、なぜか親しみを覚えた。彼は仕事に対して真剣なのだ。ベクトルがちょっと私には理解できないけれど。

「ご苦労さまでした。道路建設の方はちょっと時間がかかるな」

してやったり——最後まで所長の顔に笑みはなかったが。

ロビーに下りた時、課長は私の方を向いて、

「バタバタした日だったね。でもよくやってくれたよ」と労ってくれた。

島はもぬけの殻だった。係長と三輪さんはまだ戻って来ていないのか。窓の外はもう暗い。

突然、はっとした。

思い出したのだ、穴ぼこを。戸倉街道北行き車線の穴ぼこを。丸時計の黒い針は六時二十五分。

私はすぐさま住宅地図を広げて、鷲野さんの席に向かった。

鷲野さんは「分かった、今から頼んでみるよ」と言って、受話器をとった。こんなに暗くなってからでは作業は、容易でない。

「……うん、信号のない交差点——そう、その辺り——北行き——すぐに行けるかな——うん、悪いね。完了したら連絡して」

鷲野さんは受話器を下ろした。

「すぐやってくれるよ」

その一言で私は一気に安堵感に包まれた、何とか明日からも、私が私でいられるような。

穴は埋まる。後は、この数時間が無かったのと同じ世界が進んでいることだ——きっとそうである、間違いない。……しかしあの穴、結構な深さがあったようにも、否、そんなにはないはずだ。

沈痛な係長の顔と平然とした三輪さんの顔が入ってきた。二人がこの部屋を出て行った時が懐かしい。

「ご苦労さん、車はお釈迦だった？」と課長が聞いた。

「はい、ダメです。ちょっと相談したいのですが」

青白い係長の顔は、精気を吸い取られたかのようだ。すかさず課長が声を上げた。

「鷲野さん、悪いが冠水事故の打ち合わせ、いいかな」

私は一人、固唾《かたず》を呑んで待っていた。もう現場に着いただろうか……穴を測っているだろうか。

修繕係の電話が鳴って、本田さんが受話器を取った。

「係長、川辺組ですが、聞いときますね」と声を張り上げる。

「頼む」

私は息を凝らした、本田さんの目の前で。こんなにも穴ぼこに関心を持ったことは初めてだった。

「はい――六時五十分完了ですね――はい十センチ――縦四十、横三十――ありがとうございます」

やはり十センチはあった、事故が起こり得る深さである。本田さんは、いつものやさしい顔を私に見せてくれている。ほっとする、けれど何とも羨ましい。

課長たちの打ち合わせが終わった。みんな疲れ切った表情を浮かべて席に戻ってくる。

課長は、

「ほんと、大変な一日だったね、みなさんご苦労さま」と労って、せっせと帰りの支度を始めた。

「諒君、お疲れさま。資料の方は済んじゃった？」

写しを係長と三輪さんに渡した。その瞬間、またもや胸が締めつけられた。自分が恨めしい。

小出氏の資料は完璧に出来た、それなのになぜ心配ごとがやって来るのだ。

「ご苦労さまでした……それと冠水事故なんだけど……表示は……瑕疵はないと思うよ……突っ込んじゃったのは……」

係長の言葉が、漠然としか聞こえてこない。

机の引き出しから、住民票を取り出した。

「ありがとう、助かったわ」

ショルダーカバンを肩に掛け、私は木製扉を開けた。振り向くと、係長の話に聞き入る三輪さんのもの憂げな顔が目に映った。今夜は、すぐには帰れないのか。


アパートの鉄製扉がガチャンと閉まった、閉じ込められたのか。

間歇《かんけつ》的に不安が襲ってくる。穴ぼこにはまった事故者の怒声、哀しそうな彼女の眼差し。黙っておればよかったのか、それならば、ここにいるのはいつもの気軽な私であった。もう戻れない、自分を納得させた。

「それはホイールの傷やタイヤのパンクにすぎないではないか。そして彼女は難なく処理をする……それまでだ」

早く朝になることを望んだ。

「時間が経てば心配ごとは消える。今までもそうではなかったのか」

いつしか眠りに就いた。

第四章

一

朝、私が並木路を急いだのは、早くみんなの顔が見たかったから。門にたどり着く前から、薄暗い維持課の部屋が見て取れた。

「おはようございます」と代務員室の扉を開ければ、

「おはようございます。早いですね」と代務員さんの元気な声、明るい笑顔。

そう、私だって元気でいいのだ。

静まり返る執務室、昨日の慌ただしさがうそのようだ。チカチカと震えた蛍光灯が、パッと灯って、昨夜の机が現れた。パソコン、ファイル、バインダー……。

机の引き出しから、道路占用許可申請書を手に取った。水道管の布設、担当者のいつも朗らかな顔、いつもの軽口。何も畏れることも懸念することもない、通常業務が愛おしい。

バコッと木製扉が開いた、係長だ。

「おはよう。早いね」

「おはようございます、お疲れさまでした。昨日は遅かったですか」

「みんな九時には帰ったよ」

係長が席に着く。昨夜からずっとこれを待っていた。あと少しで私は生き返る。穴ぼこを伝える、吐き出すように……。胸の痞《つか》えが下りていく。

「そんなので心配してたらキリがないと思うよ。いっぱいあるんだから」

この半年間、係長が間違ったことを言ったであろうか。銀縁眼鏡の奥の冷静沈着な眼差し、私よりずっと豊富な人生経験。彼の言葉を信じればいいのだ、人生訓のように。

それでもしばらくの間、不安は払拭されないだろう。それは覚悟している。

午前中、ＴＫ市内の境界立会いが予定されていた。バンのハンドルを握った時には、もう穴ぼこを忘れかけていたのかもしれない。いつもの景色を見ながら、隣に座る係長と仕事の話をしていた。途中から雨粒がパラパラと落ちてきて、ワイパーを動かした。

しとしとと冷たい雨が降る街中の現場、傘を持つ手とバインダーを持つ手は冷え切って、図面は、見るも哀れに縮れている。やがて体全体が震え出し、暖かな日和に焦がれる。私たちはバンに駆け込むと、すぐさま温風口に手を当てた。ゴー……。

「ほんと寒かったですね」

部屋に戻った時、三輪さんが「遭難者みたい」と目を丸くして、どこからか使い捨てカイロを二つ持ってきてくれた。


眼を開けた時、実家の天井が瞼に映った私は、ヒリヒリする喉に気が付いた。リビングの薬箱からトローチを取り出して、口に放り込む。

陽子たちと県境の高原に行く日であった。

ジムニーでＴＤ駅に向かう。薄暗いペデストリアンデッキの下に一人ラケットを持つ陽子が立っていた。彼女がすごく遠くからやってきたかのように見える。

「おはよう」と陽子は、うれしそうな顔をして、助手席に乗り込んだ。ちょっとワイルドなジムニーは、陽子のお気に入り。

岡田の家の庭に真っ赤な車が停まっていた。岡田の彼女、吉村さんの車だった。ガレージの扉がギギギと音を立てて、ゆっくりと上がっていくと、白い大きなワンボックスカーが姿を現した。助手席に吉村さんが座った。私と陽子は二列目、まさにファーストクラスの、乗ったことはないけれど。

明るい雰囲気の吉村さんは、陽子の会社の先輩で、後ろを振り返っては、たい焼きやらラーメンやら美味しそうな話をしていた。

ひた走るワンボックスカー。ヘアピンカーブに陽子は「わーおー」と声を上げ、吉村さんはニコニコして座っている。私は右へ左へと容赦のない、私の心に潜むふさぎの虫を追い払うかのような遠心力に身を任せた。

黄色や赤色の葉をつけた木々が目に映る。窓を開けた途端、冷気が吹き込んできた。

休憩所でトレーナーに着替えてから、テニスコートに向かう。下界の喧騒から隔てられたコートは、ひんやりと湿っぽい空気に覆われて、ひっそりと佇んでいた。

クロスの乱打を始めた。「あ、ごめーん」と陽子が声を上げるや否や、黄色の球は放物線を描いて金網を越えていく。そして草むらに消えた。陽子は一目散に駆け寄って、ギイーッと扉を開けた。私もついて行く。

ひたすら草を掻き分ける陽子。そして私の頭にあるのは、一面の黄緑の茂みから黄色い球を見つけること。

ダブルスの試合、ネットのそばで陽子が前屈みで構えている。私のサーブ。黄色い球は吸い寄せられるかのように、陽子の小さな背中に当たった。

「ごめん」

陽子は振り向きながら、背中を手で押さえて「イテテ」と宙を仰ぐ。

陽子は私が当たり損ねたときは、笑顔で「ドンマイ、ドンマイ」、まぐれ当たりしたときは、びっくりしたような顔をして「すごーい」

陽子と気持ちが一緒になれることがうれしかった。

私も陽子も、岡田の会心のサーブには、ラケットにかすりもしない。飛び跳ねるような球には、体が伸びきった不格好な姿を晒す。けれど黄色い球が、前衛の陽子の近くに飛んで来ると、彼女は十中八、九、相手のコートに叩き返すのだ。それには驚いた。

ペアを組み直す。私がミスをするたびに、「わーい」と喜ぶ陽子、その豹変ぶりに恐れ入る。今度は吉村さんが「ドンマイ、ドンマイ」と笑顔で声をかけてくれる。まるで彼氏、彼女が入れ替わったみたいだ。

そしてふと思うのだ。もし何かきっかけが違えば、自分の彼女は陽子ではなく、今、ボレーが決まって、一緒に喜んでいる吉村さんだったのかもしれない、と。

私と岡田はベンチに座って、女性たちの乱打を見ていた。岡田の丸い顔が右へ左へ、微妙に動く。

吉村さんは、岡田のどこが気に入ったのだろう。彼は結構マメだし、たまには冗談も言う。でも、それだけではないことぐらい私も分かっている。

陽子が放った苦し紛れのロブが決まる。

「うまい、うまい」と岡田が手をく。

この男は、いつも悠々としている。吉村さんの彼氏として自信に溢れている。

強烈なショットが陽子のバックサイドへ飛んだ。陽子は、素早く駆け戻って両手を伸ばすも、黄色い球はその先に。

「へー、きつい」と陽子は声を上げた。


「そろそろどうなの？」と岡田が声を低めて聞いた。

「ホントにいい子」

はぐらかした、いつものように。私は自信がないのだ。

陽子が私たちに笑顔を向けた。

「もう一回、試合やろうよ」

翌日、ゾクゾクしたので、体温計を当てると、しっかり熱があった。一日中アパートのベッドに伏していた。


あの時のテニスのことは、今でも鮮明に覚えている。岡田の家の庭の金木犀、甘い香りに近づく陽子の横顔。四人でコーヒーを飲んだ休憩所のウッドテーブル、その真ん中に広げた煎餅菓子。

何か別の不安を抱きながらの旅は、忘れ難いものになるのかもしれない。

二

連休明けの朝、熱は下がったものの体はすこぶる怠《だる》くて、もう一度、布団に潜り込んだ。ぼーっとシーリングライトを眺めていたら、私がまぐれ当たりしたときの陽子の笑顔が現れて、八時三十分に休みの電話を入れようか、今日は家で何をしようかと、後ろ向きなことばかりが頭をよぎり始めた。

ところが一時間後、私はアパートの鍵をカチャリと掛けた。アパートの鉄製階段を音を響かせながら下りれば、O公園前駅の改札口をくぐっていた、いつものように。私は次第に回復していったのだった。

朝の銀杏並木が新鮮だ。

岡部ガスの斎藤さんに朝一の電話を入れた。受話器を下ろした時、カウンターで佐々木さんが中年の女性と話をしていた。

佐々木さんが振り向いて、

「三輪さん、穴ぼこ事故です、T市です」と声をかけた。

三輪さんが立ち上がる。胸がざわつき始めた。

「例の穴ぼこの話なら、私も一緒に聞きたいのですが」

係長はおだやかな表情を浮かべて言った。

「分かりました」

会議机で係長たちが、名刺を渡していた。

バサッ、バサッ、鷲野さんが住宅地図をめくり出す。T市は広い、穴ぼこはいっぱいある。そんなはずはないと、自分に言い聞かせる……少しの辛抱だ。

係長が私の目の前にやって来た。

「古川君、一緒にいいかな」

この瞬間、私は舞台に引っ張り出された役者になった。こんな役なんて御免被りたいのに。

住宅地図に戸倉街道の文字、そして鉛筆書き。あの穴の修繕記録が目に入る。

「もう気が動転してしまって」と言った女性は、五十歳くらいの上品な人だった。

「折れてたのは肩の骨です。金曜の日に手術をしました。息子は穴ぼこが見えなかったと言ってました……」

語り部のような女性の言葉は、事故が十月七日の夜に発生したこと、会社員の息子は自転車で帰宅途中にあって、転倒した正確な場所は分かっていないということを、私の鈍い頭に伝えた。

「自転車を引いて帰ろうとしたそうですが、あまりに痛かったようで、家に電話をかけてきました。それで私が……」

血の気が引くとはこういうことか。もうあの穴である。今、住宅地図が曝《さら》している。女性は、うずくまる息子の姿を、あの寂しい道端に見たのだ。

「他にお怪我のほうは」と、三輪さんがやさしく尋ねた。

女性は「はい、この辺りを擦っております」と言って、眉の辺りを触った。「そんなには酷くありませんが」

女性の顔を正視できない。女性の上品な顔が、この世で一番恐ろしいものに見える。

「手術でプレートを入れまして……」と悲痛な声が聞こえてきた。

「それをまた手術で取るそうです、一年ほど先に。もし後遺症でもあったら……、せっかく就職できたのに。本当に大変なことになってしまいました」

意識が遠のいて行く。

「主人が言うには、こういう場合、何か補償してもらえるはずだと言うんですが」

「はい、穴ぼこが原因であれば、一度、説明に伺わせていただくことになると思います」

聞き慣れた三輪さんの声だった。

頭の中をうごめく、戸倉街道、肩の骨、手術、プレート、自転車、一年先……。すべてが決まってしまったことばかりなのだ。女性がうそをついているならともかく、奇跡が起きて怪我が元どおりにでもならない限り、変えられるものは何もない。

女性は帰っていった。

あの話が隠されることはない、観念するしかない、もう昨日までの私ではいられない。それなら、三輪さんにはすぐに知ってほしい。私は会議机から立とうとする三輪さんを引き留めた。

「三輪さん、穴ぼこなんですが……」

甘ったれの少年、何かにつけて——夏休みの工作も修学旅行の準備も——助けを求める少年に私は戻っていた。

少し顔を上げると、気丈な眼差しが目の前にあった。

「……それで三時少し前に通った時に、その穴を見てましまして……」

なんて長い話なんだろう。それでも彼女はじっと聞いている。

「……すぐに報告していれば、こんなことにはならなかったわけで……、申し訳ございません」

三輪さんは私を見つめた。

「そんなに心配しないで、大丈夫だから」

やさしい言葉である。私は本当に大丈夫なのではと思った。もしかしたら何か秘策があるのでは。

すぐに馬鹿げた期待は消え去った。彼女だって大丈夫だなんて思っているはずはない。それでも彼女の声が鳴り響く、大丈夫だから、大丈夫だから……

私は彼女に何を期待していたのだろう。厳しい言葉で叱ってほしかったのか。

中学生の頃、母に買ってもらったカバンをゲームセンターで置き引きされた。母は言った。

「えー、ちょっと、しっかりしなさいよ」

みんなが集まった会議机、私だけが容疑者の席にある。

鷲野さんが住宅地図を示して、

「七日の補修がここ、事故の疑わしきところ」

ページをめくって、「その後がここ」と言って、課長の顔を一目した。

課長は腕を組んで目を閉じた。一つの穴ぼこがこんなに呪わしいものになるとは思ってもみなかった。穴ぼこは魔物だった。如何ばかり経ったか、課長が目を開けた。

「キミが見たのが三時前だとしてもだ。補修は七時前にはできたわけなんだから、そんなに遅い話じゃないと思うけどな」

「私もそう思います」

鷲野さんの短い言葉、彼の長い経験が凝縮されているかのようなその言葉は、修羅場を司る審判者のものなのだろうか。

係長は頷き、三輪さんは何も語らない。私は席に戻ってからも、自分に言い聞かせた。

――そんなに遅い話ではない。

事故現場、私もよく知っている私の現場に、係長と三輪さんが、出掛けて行った。

横山、長坂、水谷……みんなの暗く装ったような顔が頭を過《よぎ》る……。

二人が戻ってきた。三輪さんは、ひたすらキーボードを叩く。彼女は一体何を作成しているのか、私の犯罪経歴である。しばらくして事故速報がプリンターから打ち出された。

事故の発生日時：2004年10月7日（木） 18時30分頃 天候 晴
事故の現場：T市大東町地内 戸倉街道 北行車線。
事故者：T市大東町井田6番 加藤賢悟 23歳（1981年7月1日生）、会社員、布目商事 T市東山町 事故者の通勤手段は、自転車。
被害の状況：左肩骨折（一年後に再手術）、顔の擦り傷（左眉付近）。
自転車の損傷：現時点では不明。
事故の経緯：事故者は自転車で帰宅途中、転倒。自力で歩行した後、自宅に連絡。母親の運転する自動車で、市民病院に直行（当日、19時20分頃到着）。

転倒の原因は、事故現場付近にあった穴ぼこにはまったと推測される。
穴ぼこの規模：縦40㎝　横30㎝　深さ10㎝　（２００４年10月7日18時50分補修完了）
今後の予定：本人及び主治医から事故状況及び怪我の内容の聞き取り。自転車の確認。

三

課長が所長室の木製扉をコンコンと叩いた。

私はソファーの横に丸椅子を据えた。係長が速報を読み上げて、三輪さんが補足する。

「現場は、片側歩道です。北行きには歩道はありません」、「倒れた瞬間の目撃者は、不明です」

彼女が職務を全うする調査専門官のように見える。

所長は事故速報を片手に、じっと聞いている。私は腹に力が入らない。

「それで、この穴ぼこなんですが」と課長が切り出した。もう全てを委ねるしかない。

所長は速報から目を離し、疑いの眼差しを課長に向けた。

「……それで六時半には、業者に連絡しまして……」

所長の厳《いか》めしい顔を目にしていると、私は自分のことを客観視するような心境になっていった。

客観視する私は、容赦しない。なぜ、さっさと報告しないんだ。そいつのせいで、とんでもないことになったぞ。

「惜しいことしたねえ、三十分でも早く連絡すればねえ」

そのとおり。

「それは、たまたま、運が悪いとしか……」と課長が言いかけた。

所長は「運だって？」と話を遮った。

「そんなの運でも何でもないだろう、すぐに対応すれば何の問題もない話じゃないか」

まるで自分の体と自分が遊離しているかのようだ。丸椅子には木偶《でく》の坊が座っている。

鷲野さんが大きく息を吸って吐いた。

「ここが、五月に自治会から修繕要望があったのは、所長もご存じのはず。そもそも公道の管理を通報に頼ること自体、おかしいと思いますね」

鷲野さんは、射るような眼差しをしていた。

所長は「確かにそれはもっともな話だがね」と静かに言って、速報にまた目をやった。丸椅子に座る男が、古川諒であることが、ようやく分かってきた。

「もう他に、事故はないだろうね」

抉《えぐ》るような所長の言葉は、正鵠《せいこく》を射ている。でも二人になろうが、三人になろうが、一緒だ。

「これだけだと思いますが」

課長のか細い声が聞こえた。しかし、これ以上の声はあり得ない。

「まっ、とにかく、揉めないように示談まで持ってくしかないね。もし裁判にでもなれば、いろいろ言われるから。頼むね、維持課長さん」

「はい」

「ところで、この加藤って名前と住所が気になるな」

私はおぼろげにも、何かを予感した。きっとまだ奈落の底への途中にあるのだ。

「気になると言われますと？」と課長が首を傾げた。

「加藤老人も確かこの辺だし」

あなたは刑事のようだ。

所長は速報を片手に持ったまま、「うーん」と声を発しながら腰を上げ、受話器を取った。広い所長机の上に整然と置かれて、重大なことを話す電話。

「あー所長だけど課長いるかなあ——いない。それじゃ前田君は——前田君、所長だけど。悪いが、加藤老人の住所とか家族構成が分かる資料を持って来てくれないかな。——そう、所長室」

前田さんは丸椅子をテーブルの横に据えて腰を下ろした。前田さんが加藤老人のファイルを広げ、住所を指した時、「やっぱりそうか」と所長が声を上げた。驚愕《きょうがく》だった。

加藤賢悟は加藤老人と同住所、老人の孫だった。

課長が「どうも穴ぼこ事故に遭ったのが、加藤さんのお孫さん」と言って、事故速報を前田さんに手渡した。

速報に見入る前田さん。これからの交渉に頭を巡らしているのか、三輪さんへの助言を考えているのか。いずれにしても彼と私は別の所にいる。なぜなら私がその原因者なのだから。

所長は腕を組んで、天井に目をやっていた。所長が前田さんの方を向いた。

「前田君、えらいことになったなあ、年内の契約はできるのかね」

「加藤さんは割り切ってもらえると思います」と前田さんは答えた。

私は分かっていた。加藤老人は割り切るどころか、要求をエスカレートすることを。そして、前田さんも当然そう思っていることを。

前田さんが加藤老人の状況説明を始めると、所長は身を乗り出して聞いていた。

「最重要課題だよ、うちの事務所の。しっかり頼んだよ。課長には私からも言っておくから」


無口になった島は、電話のときだけ、いつもの日常と変わらない。

「はい、T土木事務所維持課、佐々木です。――はいお待ちください」

「古川君、電話です」

「T土木事務所維持課の三輪です。営繕係のカミヤさんお願いしたいのですが」

終業時間が過ぎた。あちらこちらでパソコンが閉じられていく。

「元気出しなさいよ、維持課なんてみんな一緒よ」と永井さんの声。

課長は私を見据えて、

「気にしないことも能力の一つ。僕はそれしかないけどね」と言って、

「じゃ、お先に」と足早に部屋から出て行った。

静かだった。窓ガラスは維持課執務室を映し出していて、そこには三人の姿だけがあった。

三輪さんがパソコンを閉じた。

「ごめんね、私が住民票なんて頼まなければよかった。それにあなたに資料づくり、みんな任せちゃって、ほんと申し訳なかったわ」

それは初めて聞く哀しい声だった。三輪さんは下を向いてしまった。

「そんなこと全然関係ないって、ボクが馬鹿だからみんなに迷惑かけちゃって」

三輪さんはハンカチを顔に当てた。

「どうしようもなかったよね」と涙声が聞こえた。

これは芝居なのだろうか。とんでもない、私が招いた現実だ。

「私こそ、みんなに申し訳ない」と係長の声が聞こえた。

「いつも二人に苦労かけちゃって。本当は私がもっとやらないといけないのに」

どう転ぼうが、すべて私の責任だ。

「そんなことないです。係長はいつだって……」

三輪さんは話が続かない。

私は茫然《ぼうぜん》となった。

三人は座るばかりだった。時折、三輪さんの洟《はな》をすする音だけが聞こえてくる。

木製扉の音がして、青山さんが入ってきた。

「あれ、みなさんどうかしちゃったの」

三輪さんはハンカチを離して顔を上げた。目の縁が涙で濡れている。彼女は机の下からバッグを取り出して、ゆっくりと立ち上がった。

「失礼します」

上ずった声。胸を締めつける。


ベッドに横たわって、母に電話した。

「どうしたの、こんな遅くに」

少しかすれた声を聞いた途端、母の笑顔が頭一杯に広がった、旅行の日、車に荷物を積み終えた母が、助手席に乗り込むときの。

「うーん、ちょっと」

仕事が重なって休めなくなったと伝えた。下手な役者の台詞《せりふ》だった。

「また、どこかで行けばいいよ」と言った母の声は、やさしかった、課長が母に電話して、母は私の窮地を知っているのではないかと思うくらい、そして電話の向こうにいるのは、本当に母なのだろうかと思ってしまうくらい。

「ごめんよ」

「体調、まだ悪いんじゃないの。とにかく今度の週末も帰ってらっしゃい」

シーリングライトから白い光が降り注いでいる、昨日と同じように。

四

朝、トイレで前田さんと一緒になった。たまらなく後ろめたい。

「大変だったね」

前田さんの一言に戸惑った。彼はT市内の事故担当が三輪さんであることは、当然知っている。彼が所長室に呼ばれた時、誰も彼に、穴ぼこの発見者のことは言っていない。だとすれば、前田さんは私が大変な理由を誰かに聞いたのでは。三輪さんの不安げな眼差しが現れる。

どちらかが、どちらかへ電話した。

「ちょっと、コーヒーでも飲もうよ」と前田さんが言った。

彼は自販機の前に立って、ゴトン、またゴトンと缶を鳴らす。二人はロビーのソファーに腰を下ろして、プルタブを引っ張った。

「世間は狭いとはまさにこのことだね、オレもびっくりしたよ」

前田さんに、そこはかとなく距離を感じてしまう。けれど私は口を開いた、あの朝のように。提示した補償金の間違いに気付いた私は、恐る恐る前田さんの顔を窺ったのだ。今も彼は頷いている、別の立場の人間として。

「いつでも言えたのに、なんて馬鹿なんだろう。前田さんにも迷惑かけちゃって、申し訳ないです」

項垂れるしかなかった、もっとシャキッとしなければと思いながらも。彼は私の肩を叩いた。

「そんなに思い詰めるなって、諒らしくもない」

何かが変だ。私が何かにつけて悩むことぐらい知っているはずなのに……。もうそんなことはどうでもいいが。

「他の職員なんて、穴ぼこ見たって、どうせパトが見つけるだろうと勝手に思って、何も言わない奴だっているんだから」

「でも僕は管理だから。前田さんはこういうことってあった？」

こういうこととは、選ばれた人間だけに与えられるのだ。

前田さんが羨ましかった。彼はこの事務所で管理の係長を二年間、大過なく務めてきたに違いない。

「うーん……、ともかくその日のうちに直せたんだから」

それに比べ、私はわずか半年で、誰もしたことのないへまをやらかしたのだ。

この日、私は旅行の休みを取り消した。三輪さんは、

「遠慮することなんてないわ、いってらっしゃいよ」と言ってくれた。

私はみんなに、母の仕事の都合で行けなくなったと伝えた。三輪さんはとても悲しそうな顔をした。

「あんなに楽しみにしてたのにね」

彼女は知っていた、私がうそをついていることを。

銀杏並木は、とっぷりと夜が訪れて、葉も幹も色を失っているかのよう。コオロギが最後の季節を惜しむかのようにか細く鳴いていた。

「示談までどのくらいかかるんでしょう」

人身事故の示談が容易でないことは、分かっている。

「うーん過失割合だけでも、早く決まるといいよね……、二、三か月、いや、そんなにかからないと思う」

三輪さんの口から聞きたかった。彼女が一体いつまで煩わされなければならないのか、根拠なんかなくても。

「ほんとにすいません」

「仕方なかったのよ、あなたは何も悪くないわ」

「そうかなあ」

誰が何と言おうと、悪いのは私だ。それでも三輪さんの言葉が心地よい。私は甘ったれだ。

「私、冷静に考えたの。こんなに穴ぼこ多いのに直さないのは、みんな事故が起きることを予想してるの。予想してても直さない人が何も言われなくて、私たちが言われるなんて絶対おかしい」

そうなのだ、おかしいのだ。けれど、みんな、おかしくても上手にやっている。

「でも、裁判になったら言われちゃいますよ。なんでそんなに放っておいたんだと」

「心配しないで、裁判なんかにさせないから」

瞬く間に頭がいっぱいになった。彼女がやれることは限られている。当たり前だ。そんなことより、ただ、……あなたさえいてくれればいい。

二人きりの薄暗いホームに立った。ヘッドライトの輝きが一斉に動き出す。夢なのだろうか。

「元気出してね、あなたが元気ないと、私つらいわ」

三輪さんの声だ。

「いつだって元気ですよ」

「私ね、この半年、頑張れたのはあなたがいてくれたからなの。いいとこ見せようと思って」

私はとんでもない果報者だ。三輪さんにそんなこと言ってもらえるなんて……。私こそそうなのだ。

「それは僕のセリフです」

本当にそうだった。私は斜め前に座る三輪さんに会えるだけでうれしかった。

「あと半年、お願いします」と三輪さんが言った。

「半年って、来年は？」

「もう三年だから替わっちゃうのかな」

「そうだとしたら、元気なんて出ませんね」

「じゃあ一年」

「二年でどうです？」

「はい」

彼女は微笑んだ。……その笑み、私だけのものであったなら。

遠くの方に見えていた光が、ゆらめきながら近づいてきた。おとぎ電車のようだった。

ゴトン、ゴトンと街の灯りが流れていく。二人の姿が窓ガラスに並んでいる。このままどこかに行ってしまいたい、三輪さんと一緒におとぎ電車に乗って。

五

始業前から夏目さんが、受話器を握り締めていた。

「……はい――分かりました、すぐに調べます」

「また、何か」と係長が聞いた。

「県議が、廃船の苦情を言ったらしくてね、県庁に」

「どこの港ですか」

「F漁港」

朝礼後、課長と夏目さんたちが、会議机に集まった。

「そんなの前からありましたよ」と永井さんの威勢のいい声が耳に入ってきた。「調べようなんてないから」

永井さんは席に戻るなり、ファイルを机の上にドサッと置いて、

「やれやれ、今から船、見てくるからね」と不機嫌そうに言った。

「船って？」と三輪さんが、振り向いた。

「漁港に廃船が積んであってね、県議が文句言うから県庁がそれを何とかしなさいって。今さら困った話よ。月曜の朝までに資料を作れって。……ってことは今日までじゃない。ほんと人使い荒いんだから」

「圭子さん、バシッと言っちゃったら？　こっちはやることだらけだって」

「ダメ、アンタと違って私、貝になるから、いざとなると」

内山君がカメラを首にかけて、永井さんがトートバッグを提げて、夏目さんをしんがりに、三人は部屋から出て行った。佐野さんが、手早くプッシュボタンを押した。彼の口調はいたって元気、永井さんとそりが合わないことが、見え見えであった。

午後の会議机は、

「こんなの、ゴミですよ。もう浮かびませんよ」と永井さんが言えば、「こっちでやると、相当高くつくんじゃないか」と課長が諭したりと、議論が尽きないようだ。

市民病院に行っていた係長と三輪さんが席に着く。三輪さんの頬がほころんで見える。

課長がやさしい顔をしてやって来た。

「ご苦労さま、どうでした」

「いい青年でした。元気でした」

係長の明朗な口調と安堵した顔に、私は胸を撫《な》でおろした。

「ホント、安心しちゃった。転んだ自分が悪いと言ってました……。主治医の先生も親切に教えてくださったし」

なんてうれしい言葉なんだろう。すぐにでも青年に駆け寄って、励ましたいぐらいだ。

「転んだのは、やっぱり穴ぼこなの？」と課長が聞いた。

「本人はそう言ってました」と三輪さん。

「やはり、また手術だそうです」と係長が続ける。「今プレートが入れてあって、一年後ぐらいに様子をみて取るそうです……」

一年後。それは心躍るクリスマスやお正月、目を瞠《みは》るばかりの桜並木、いつも傘と共に歩く梅雨、やかましいほどの蝉の声、突然の澄み切った朝。その先にしかやって来ない。

「大変な話だな」

「それで一度ご主人に説明してほしいと」

「賠償の話かな」

「そうでしょうね。今日の夜にでも電話してみます、いつも夜が遅いらしくて」

「そのときには私も行くよ」

三輪さんがまとめた事故報告書の素案には、事故者は十八時十分頃会社を出発し、事故発生時刻は十八時三十分、走行時はヘルメット未着用、ライト点灯（十月七日　日没時間十七時二十七分）。骨折箇所は左鎖骨、自転車（折り畳み式・小径）の損傷は未確認とあった。

係長が申請書の図面と「許可の手引書」に目を凝らしていた。そして、

「九時だね、もう帰っておられるかなあ、電話してみるか」

係長は深呼吸をしてから受話器をとった。

「加藤さんのお宅でしょうか」

私は耳を澄ました。

「……と担当の三人です。――はい。それは構いません。――それでは、来週の金曜日十月二十二日午後七時三十分、ご自宅ということで――はい、ありがとうございます」

係長は受話器を置いて、強く息を吐いた。

「金曜日ですか」

「来週の金曜なら早く帰れるそうで」

「どんな感じの人ですか」と私は聞いた。

「丁寧な言い方の人だったよ。遅くに申し訳ないですと言ってたね」

加藤家はきっと、いい人ばかりである。おじいさんはいざ知らず。

週明けの静かな執務室、課長や夏目さんたちは、朝から県庁に行っている。朝礼が終わるや、係長と三輪さんが出かけて行った、加藤賢悟の自転車を確認するために。

大東町の加藤邸、何かの因縁を感じてしまう。目的は違うにせよ、三輪さんが前田さんと同じように、加藤邸に足を運ぶことになるなんて。

窓辺の陽射しに温められた空気が、眠気を誘うのか、佐野さんの目が閉じている、まるで修験者のように。隣の島の電話が鳴った時、彼の姿は見当たらない。やはりちょっと変わっているようで、佐々木さんがこっそり教えてくれた。去年、他愛のないことで永井さんと大喧嘩したらしい。

カウンターに弁当が並び始めると、係長たちが戻ってきた。

「お疲れさまでした。加藤老人はいらっしゃいました？」

「御老人は出てこなかったけど、お母さんが対応してくれて。自転車は傷とライトの損害だね」

係長はかなりお疲れの様子だ。三輪さんが言葉を継ぐ。

「そうなの、ものすごいお屋敷でね、いくつも家があって。お母さんがいい人で、自転車を倉庫から出してきてくれて、どこも悪くないじゃないかとおっしゃって。でも自転車、折り畳みだから、そのまま借りて自転車屋さんで見てもらおうと思ったんだけど、折り畳み方が分からなくて。お母さんにもいろいろやってもらっちゃって」

あたかも体験実習にでも行ってきたみたいだ。

「何とか折り畳んで持ってったら、お店の人も〝どこも悪くないけど、ライトがないですね〟って。あと、傷が新しいことが分かったの」

お昼のおかずが腹にもたれている頃、どやどやと課長たちが入ってきた。部屋の空気が変わった。

　立ったまま永井さんは机に目を落とし、

「これって三輪が受けてくれたんだよね」と付箋を示しながら聞いた。

「ええ、そうよ。とにかく電話が欲しいと言ってたけど」

「まいったなあ、この人、すっごい古いこと聞いてくるのよ。昨日のことだって覚えてないのに」

　夏目さんが係長の横に来た。見れば、課長も永井さんも席にはいない。

「県庁は早く船の所有者を調べろって言うんだけど、かえって分からない方がいいと思うんだよ。分からにゃ、こっちで処分してしまえばいいんだけど、分かれば、相手にやらせることになるからね。人に頼む方が大変だよ」

　夏目さんは席に戻ってパソコン画面を睨み出す。

六

　大型の台風が南の海上を北上中。

　朝、永井さんが小袋に入った菓子を配っていた。彼女が席に着くや否や、三輪さんが椅子を回す。

「箱根、よかったでしょう」

　すぐさま永井さんも椅子を回した。

「すごい人よ、店は超満員、一時間は待ったね。東京の人多いから箱根は。東京の人を見に行ったようなもんよ」

永井さんの得意げな口調が笑いを誘う。彼女はバッグから携帯電話を取り出して、操作を始めた。三輪さんがうれし気な顔をして待っている。

「これなんか、いいでしょ」と三輪さんに画面を差し出した。

「もうこんなに色づいてるんだ」

「これとか……、これなんかも」

画面に見入る三輪さん。

「すごいじゃない、この船」

「ホントはね、天気さえ良ければ、この辺に富士山が写ってるはずなんだけど。行程間違えたわ、初日に箱根にしたのは。二日目はお天気だったんだよ」

観光船の甲板で、不可解な顔して携帯電話を掲げる永井さんが、目に浮かぶようだ。

「描いちゃえば？」

三輪さんの膨らんだ頬、唖然《あぜん》とした永井さんのまなこ。

「アンタには負けるわ」

可笑しな二人である。永井さんは携帯にまた目を落とす。

「ここ、いいでしょう。どこだか分かるかな」

「どこかの港ね、伊豆の？　普通なんだけど、何かいいとこなの？」

「廃船が飾ってあります」

永井さんのしたり顔。

「やだ、もう」

「でも行けてよかったわよ、こいつのせいで行けなくなるとこだったわ」

口を尖らせた永井さんの目は笑っていた。


雨が降り出した頃、見るからに血気盛んな男が入って来た。歳は四十歳ぐらいで、ガッシリした体つき。短髪で、白のTシャツに紺色のジャケットを纏って、腕にはブレスレットをはめていた。

落石に遭ったそうだ。(有)テイクシェルター　代表　大竹克政
九月二十七日の夜の八時頃、G市の鹿取峠を自動車で走行中、落石が直撃してバンパーを損傷。

大竹氏は、

「走ってたら、カンッて音がしてね。でもそれがどこでかなんて分かるわけないでしょ」と声を大にする。「出張で使わにゃいかんかったんで修理もできんかった」あげくには「新車にしてほしい」

私はこの事故がとりたてて嫌とは思わなかった。自転車事故から私を遠ざけてくれるような気がしたからである。

本田さんが『二〇〇四年度緊急維持修繕記録』のファイルをめくっていった。落石を除去した記録は出てこなかった。

事務所の駐車場に、場違いのように停まる白い高級外車、一見、どこに傷があるのか分からない。

「とりあえず、修理だけはしたんだけどね」

唖然となった。損傷と瑕疵との因果関係の立証は、賠償事務の要諦である。その損傷を自分の目で確認することは、もはやできない。どんな損傷であったのか聞くしかない。

「どこを修理したとか、その費用を教えてくれませんか」

大竹氏がニコッとした。

「すぐ近くのディーラーだから」


バンは、高級外車を遠目に見ながら走っていた。何はともあれディーラーに行くしかない。助手席に、うつろな顔をした本田さんが座っている。彼が口を開いた。

「今年は十月でも雨が多いねえ。管理さんには迷惑かけちゃうね」

正直、管理瑕疵にはうんざりだ。けれど限られた予算で懸命に道路を守ろうとしている修繕係を責めることなんてできやしない。

「しょうがないですよ、でも台風が心配ですよね」

係長が身を乗り出して、

「進路次第では最悪かもしれないね」

ハンドルを握る私の目に、鎌谷街道沿いの景色が否応なしに飛び込んでくる。反対車線も、たくさんの車がワイパーを動かしてスムーズに流れていた。

ディーラーの看板が見えた。敷地の中には、我らこそ車の本道なりと言っているかのように高級外車がズラリと並び、豪華なお店に入れば、博物館の宝物のような車が何台も光り輝く。これって車なんだろうか？

大竹氏は作業着姿の若い男に「修理費、この人たちに教えてあげて」と言って、馴染みの店員らしき人と奥に行ってしまった。

また唖然である。修理費がびっくりするような金額なのだ。

「結構かかるんだ」と係長が呟いた。

「傷がありましてね、バンパーを交換しました」

屈託のない男の顔。それは我々との立場の違いを、如実に表していた。

駐車場の大竹氏の車が、何の目立たない、ごく普通の車に見える。

「傷はどの辺にありましたか。それと大きさはどうでした」と私は聞いた。

若い男は雨の中をしゃがみ込み、

「どうでしょう、この辺に傷がありました」と指さした。「長さは三センチぐらいでしょうか、石が当たったような傷でしたね」

大竹氏は出張中もこの車に乗り続けていたらしい。その日、鹿取峠で落石があって、その落石によって大竹氏の車が損傷した——そう言えなければ、県庁は賠償を認めない。


部屋に戻った時、課長は机の上の書類から、目を逸らす気配がなかった。私が三輪さんたちに、高級外車の仰天話をしていると、課長は頭を上げて、

「今度は落石だってね。よくもまあ、次から次へと起きるもんだ」と言って、笑みをこぼす。「みんなが傷だらけの車に乗ればいいのにね、うちみたいに」

この天真爛漫《てんしんらんまん》さは一体どこから来るのだろう。そんな課長に救われていることは、間違いない。

佐々木さんが「さっきこの人が挨拶に来たよ」と私に名刺を差し出した。

『後藤圭商事株式会社　代表取締役　後藤修平』

「昔、古川君に大変お世話になったとか言ってたよ」

社長が替わったのか。出張所時代、私と前田さんはプラントの移転補償について、何度も会社と打ち合わせを重ねた。強面ででかい声の社長は、始めニコニコ、最後は支離滅裂、いつもそうだった。社長の甥《おい》の修平さんは、当時、まだ専務だったが、我々の立場もよく理解してくれた。三年目の年に、社長から、「契約はするが、納得はしてないでな」と笑顔で言われた。これ以上のことは、思い出したくもない。

でも、あの社長はどうなったんだろう。


雨降りの中、昼から、本田さんと鹿取峠に向かった。くねくねと道は曲がり、樹木の枝葉が覆い被さっていた。

「枝が落ちて来た可能性もあるね」と本田さんは言う。ディーラーや大竹氏の証言からしても、落下してきたのは、石のはずなのだが。

急な斜面があって、モルタルなようなもので吹き付けられていた。車を降りて、傘を開く。路上には石ころ一つない。道沿いに小さな石がいくつもあるけれど、ずっと前からそこにあったように見える。一つ手に取った、何も分かるわけがない。課長は、

「性善説で、賠償するしかないんじゃないの」と顔を顰《しか》めた。三輪さんにも意見を求めた。

「つらいけど、お断りするしかないんじゃないかしら。あまりにも時間が経っちゃってるから。それが理由だというのも、変なんだけど」

七

台風が近づいてきて、朝からずっと雨。二係の面々が受話器を握り締めている。

「警報が出ましたので、操作員を水門に待機させてください。防潮扉は、全部閉めてください」

キャビネットの書類を探しつつ、空を見上げた。灰色の雲が濃淡を変えながら、おどろおどろしく流れる姿は、あまりお目にかかるものではない。

中仕切に貼られた非常配備の編成表。赤い矢印は、次の当番が前田さんの班であることを示していた。台風に備えて二個班体制になることが決まっていて、この夜の非常配備員は六名であった。

県庁に行っていた係長と三輪さんが入ってきた。永井さんが待ってましたとばかり、椅子を回した。

「よく来れたわねえ、立派だわあ」

「もうひどいわ、靴の中ぐぢょぐぢょ」

「アンタの長靴でも役に立たなかったの」

「だって、車が飛ばすんですもの」

「まだいい時に来たよ。これからもっと降るから」と課長が微笑んだ。

自転車事故。道路管理課は、〝自転車であっても穴ぼこを避けることは十分可能であるから、相応の過失相殺にならざるを得ない〟と、これからの示談交渉が危ぶまれるような話であった。それは覚悟していた。私の心痛など当然としても、拗《こじ》れて裁判になる危険が斟酌《しんしゃく》されることはない。

それでも三輪さんは、

「了解していただけると思うわ」と平然と言う。本人や家族の言動から、そう思ったのかもしれない。私は彼女のような経験も勘もない。ただただ、その言葉を信じたかった。

弁当を食べているうちに部屋は一段と暗くなった。お昼過ぎの会議机から、

「……なるほどね……この事故は似てるね……」と途切れ途切れに、課長の声が聞こえてきた。

雨が窓ガラスを叩き続ける。内山君がテレメーター室に入って行った。電話口で本田さんは、通行止めの措置を業者に頼んでいるようだ。私と佐々木さんは、プッシュボタンを押しまくる。警察、消防、バス会社……。

いつの間にか雨音が小さくなった。それでも水位表示計の数字は大きくなっていく。時折、ヒューヒューと不気味な音、電線の唸り声。

夕方、前田さんが入ってきた。私の隣に座るや否や、永井さんが椅子を回して、

「前田さーん、今日の非常配備よろしくね」と猫なで声を出した。

前田さんが「川は大丈夫？」と聞くと、

「大丈夫、大丈夫、もう下がり始めてるから」と永井さんは得意げだった。

「ボクの見立てでは九時には解除だな」と前田さんは、さも当然という顔をして言った。

するとと永井さんはうれしそうな顔をして、

「ザーンネン、波浪警報はちょっとやそっとじゃ解除されませーん」

「圭子さんが言うと、波浪警報というよりハロー警報、まるでコンニチハ警報だな」

永井さんは片手を肘から上げて、「ハロー」と揶揄《からか》った。みんなが笑う。前田さんも、三輪さんも、夏目さんも、私も。

「悪いけど、早くグッバイしちゃうからね」と前田さん。

「ところで、今日県庁から聞いてきた話ですが」と係長が前田さんの顔を覗き込むと、二人は会議机に向かった。……私がつくった共同戦線である。

終業後の執務室。暗闇で電線が唸っていても、台風の割には雨も風も一向に強くならない。非常配備員がテレビでニュースを見ていたり、会議机で雑談をしていたりと、リラックスムードが漂っている。前田さんは用地課の部屋にいた。

O公園駅のホームに降りた時、生暖かい風が吹いていたものの雨はもう降っていなかった。

朝、前田さんが夏目さんに非常配備の引き継ぎをしていた。

彼は、私の顔を見るなり、

「長ーい夜を満喫したぞ」とニヤッと笑った。

台風は、気圧と進路から暴風や高潮が心配されたが、T事務所管内においては意外なほど、ひどくはならなかった。

前田さんは昼前に家路に就いたらしい。弁当を食べに来た青山さんがそう言った。

八

この夜、三輪さんと路面電車の高いステップを上り、ふかふかのロングシートに並んで座った。二人は目を瞑《つむ》っていた。シートが温くて眠気を誘うし、何よりすぐそばで石黒さんがじっと本を読んでいたから。

エスカレーターに乗ってデッキに着いた時、三輪さんが振り返った。

「ちょっと、ベンチに座っていかない」

ほの明るいペデストリアンデッキ。いくつかのベンチには先客がいた。三人連れの女子高生、若い男と女、サラリーマン風の一人の男。いつから座っているのやら、彼らにとって帰宅前のこのひと時は、まさにゴールデンタイムなのだろう。

ここのベンチからは、目の前の夜景がとてもきれいなのだ。大通りの真ん中を貫くレールは妖しく光り、その上に浮かぶ白い灯りが、ずっと向こうまで続く、銀と真珠でこしらえた宝飾品のように。三輪さんの髪がやさしい夜風に揺れている。

「諒君」と三輪さんの弱めた声が聞こえた。

彼女は上目遣いに私を見た。

「携帯にあなたのお母様って写ってる?」

「あるけど、どうして?」

「見ちゃダメ?」

私はカバンから携帯電話を取り出した。明るい画面と蛍のように光る小さなボタン。三輪さんはじっとしている。

「どうぞ」と携帯電話を手渡した。

三輪さんは両手で支えて、

「きれいな方」と呟いた。

「ここは渡月橋ね。諒君は京都はどこが好き？」

三輪さんはこう言って私に携帯電話を返した。

「待ってくださいね」と私は画面に目を向ける。好きな場所を選ぶ自由がちょっと楽しい。

「ここです」と輝く画像を差し出した。

「常寂光寺《じょうじゃっこうじ》じゃない、紅葉のきれいな」

「ホント、ここいいですよ、しっとりしてて。行ったことあります？」

「昔ね。この屋根がいいのよね、石段の上からなんてすごくいい。他には？」

「それじゃあですね」とまた目を落とす、三輪さんの興味深そうな眼差しを感じながら。

「ここもです」

「これって龍安寺でしょ。この庭、有名だもん」

「やりますねえ。この庭、ホントは狭いんだよね、広く見えるけど」

「そうなの？」と三輪さんは怪訝そう。

「学校のプールぐらい」

「広いじゃない」

「えー、狭いよ」

「泳ぐと、長いわ」

なんて変な発想。

「言《は》ってけば、もっと長いわよ、きっと」

「私は泳いだ方が長いわね」

可笑しな三輪さんだ。

「ボクもそうでした。それじゃあですねえ」

私は笑いながら画像を出した。

「これはどうです？」

「うーん、これは難しいなあ、どこなんでしょう」と言った三輪さんの声は、笑いが混じっていた。

「これは、金閣寺っていうんです」

「そうなんだ」

いたずらっぽい声と笑み、三輪さんお得意の。

私は夢を見た。三輪さんと一緒に木立の小径を歩いている。道が二股に分かれていた。

「きっとこっちよ」と不安げに三輪さんは言う。けれど私は「いや、こっちだよ」と彼女の手を引いた。

しばらく行くと、目の前に、キラキラ光る金閣寺が現れた。二人は目を輝かして立ちすくむ。

「三輪さんは京都はどこが好きなの？」

彼女の横顔、遠くを見つめる眼差しはとてもあたたかい。

「そうねえ……」

そして私の知らない〝時〟が宿っている。

「あまり詳しくはないんだけど、嵯峨野とか大原なんかやっぱりいいと思うわ」

「紅葉の頃、行ったことあります？」

「一昨年、行ったんだけどね、大原に。ちょっと時期が早くて、色づいてるのは半分くらいだった。でもすごく綺麗な木もあって、それはそれでよかったわよ」

「同じとこに生えてても、木によって違うんだよね」

「そうなのね、不思議……あっ、それ、何ていうか知ってる？」

「それって？」

「木によって違うということは……気粉れね」

二人で笑った。

また向こうから路面電車の灯りが近づいてくる。五月の宵だった。あの電車を見ながら三輪さんは言った。〝事務所が終点にあった方がよかったかもね〟〝なぜ？〟と私は聞く。〝だって同じ料金じゃない〟

たった十分間の路面電車。なぜあの時、言わなかったのだろう。言えなかった。喉まで出かかっていたのに。〝そうだよ。終点ならもっと三輪さんと話ができるから〟

「諒君は、京都の紅葉はどこか行った？」

「それがないんですよ、一回も……。混んでませんでした？」

「もうすごい渋滞、大大渋滞。歩いた方が早いのよ。いや、あれは這ってった方が早いわ。車で行っちゃったから」

「やっぱりそうだよね。運転は三輪さん？」

「主人。ずっと主人なんだけど、とにかく疲れたの」

九

午後の終わりが近付いて、ようやく課長が戻ってきた。彼は大きなレジ袋を提げている。

「私ら今日は遅くなるから古川君は帰りなよ」

「はい」

「まだ、何か残ってる？」と三輪さんが聞いた。

「カップラーメンあります」

会議机に課長と係長と三輪さんがいた、どこか異常事態のような雰囲気を醸して。「全体のスケジュールは井上さん、頼むね」と課長の声が聞こえてきた。「過失相殺は言わざるを得ないね」

私さえしっかりしていれば、こんなシチュエーションはなかった。会議をするにせよ、もっと有意義なことをやっていたに違いない。

私と本田さんが、カップラーメンに湯を入れてソロソロと会議机に運んだ時、課長が、「それもいいねえ」と言って、レジ袋を机に置いた。袋の中にはこれから戦地に赴く人たちの弁当が入っていた。

三輪さんが「これ食べてね」と弁当蓋の端と端にお惣菜を載せた。

するとと課長はニコニコしながら「これもどうぞ」と箸を運ぶ。本田さんが「いいです、いいです、すぐ帰りますから」と手を横に振っても、「いいから、いいから」と課長は意に介さない。

私が「これって、駅ビルの弁当ですね」と口に出したら、「よく知ってるねえ、古川君は弁当に詳しいんだね」と笑った。

「いやいや詳しいなんて、その弁当たまに食べますから」

私の好きな弁当を三人は、示談交渉の前に食べている。もっと気楽なときに食べるものなのに。

「昔、用地課の人と交渉に行ったときなんだけどね」と課長が話し始めた。

「……それで相手も忙しい人だから、何でも答えられなくてはいけないと思って、みんなで行ったんだけど。それが裏目に出てね。〝おまえら大勢でオレを脅すつもりか〟って」

そうかもしれない。あの時、私だけアパート脇の路地に車を停めて待っていた。

「交渉ごとは、相手の感情次第なんですよね」と係長がしんみりと口にする。

「今日は、まずは平身低頭、謝ろう。ね、三輪さん」

やさしい課長の言葉が、私への言葉のように聞こえる。

「はい」

「鈴木さんに教わったよ」

「今日は、挨拶だから。待ってることないから」と三輪さんは私に言った。

「はい」

きっと私が変な顔をしていたのだろう。

課長たちは、めいめい、カバンやバッグを手に持って、部屋から出て行った。

本田さんだけが残っている。真剣な眼差しでパソコンを見つめている。彼なんてその気になれば、今頃、デートをしていてもおかしくないのに、その辺がよく分からない。

真面目でいて、何かと私を気遣ってくれる本田さん。それなのに、彼とこうして二人きりになると、息苦しさを覚えてしまう。それは、彼があまりにもいい人だから、彼との関係を壊したくないから。

「帰るまで待ってるんでしょう」

色白な端正な顔が目に映った。

「せっかくだから」

本田さんはパソコンを閉じて、リュックを肩に掛けると、笑みを浮かべてやって来て、佐々木さんの椅子に座った。

初めて聞いた。民間会社から転職したこと、来年は道路建設課に行きたいこと。彼女の話になると、「古川君、誰か紹介してよ」とニッコリして私を困らせる。そして、ちょっと寂しそうな顔をして、

「課長も大変だね。でもあの人、肝心なとこは逃げちゃうからね」と言った。

ギクッとした。肝心なときに、いつも課長はいてくれたはずだ。

昨年、台風が接近した時、水門が動かなくなってしまった。毎年の点検の予算が不足していたことが原因であるのに、課長は「何言っても、県庁は予算付けないから」と最初からサジを投げ

たそうである。

「夏目さんも怒ってたよ。結局、あの時は台風が逸れたからよかったんだけど、いつ動かなくなるか分からないからね」

今の今まで、課長のことをよく思っていない人が同じ課の中にいるとは知らなかった。本田さんは、

「悪いけど帰るね」と言って立ち上がり、「こんな菓子あるけど、どう?」と、リュックからポッキーを取り出した。

「いただきます」

一人ぼっちになった。静かな夜だった。会議机に図面を広げ、無心を装って色鉛筆を動かした。出張所の夜が頭に浮かぶ。用地交渉から戻った時、車庫は開いているのに、部屋には誰もいなかった。白いスケジュールボードに『用地交渉』と書かれた二人の男女、まだ戻ってきていない。翌朝、「交渉が遅くなったのでそのまま家に帰った」と言って頭を掻いた男は、室長に連れられて部屋を出て行った。しばらくの間、男と女は公用車内で噂の種だった。

門扉のレールが弱々しく鳴った。もう九時である。バコッと木製扉が開いて、課長たちが入ってきた。

「お疲れさまです」

「古川君、まだいたんだね、ご苦労さん」と課長が目を丸くした。

「どうでした」

黙りこくった三輪さんの顔を見て私は察した。課長はドカッと椅子に座って、

「結構、言う人だった」

その疲れた声が意味するのは、私が出張所時代に何度も味わったものに違いない。

課長は大きく深呼吸をした。

「今日はみんな、遅いから、もう帰ろう」

三輪さんが、運転記録簿を広げてペンを動かす、時間、行先、距離……、仕事をなし終えて、満足感を抱きながら帰って来た日と同じように。彼女は、私を一瞥すると、「今度、今度」

私たちは、東の勝手口から駐車場に向かった。

ワンピースの三輪さんが課長についていく。その後ろ姿、どこかに行ってしまいそうだ。そんなにがっかりしないで、今日は挨拶と言ったじゃないですか。

照明灯の下で、ポツンと白いカローラが待っていた。私が助手席、後部座席に課長と三輪さんが座った。カローラは発進した。

夜更けの銀杏並木を通り過ぎる。左手に白い蛍光灯の灯《あか》り、ホームに人影はない。カローラは右に曲がって、閑散とした電車通りをひた走った。

「過失相殺だな、問題は」と課長が口を開いた。

「お父さんが結構きつくてね、息子に過失を問うのは筋違いだろうってね。本人は、もう退院してね。一緒にいたんだけど、一言もしゃべらないんだな。お母さんも」

「加藤老人はいたんですか」

「今日はいなかった」

「本当に申し訳ございません」

「しょうがないよ」

前方に路面電車、その灯りはカンテラのように明るかった。カローラは少しずつ追い越していく。

車窓に寂しげな背中が三つ四つ。私は、真後ろにいるはずの三輪さんの気配を感じることができなかった。

十

星が見たいと言ったのは、陽子である。街中で育った彼女がちょっとかわいそうだった。暖かな春の夜、町外れの広場で父は星々を教えてくれた。北の空には北極星と北斗七星。星と星の間隔は図鑑で想像していたよりずっと長くて、天空で七つの星を結ぶと、とてつもなく大きなひしゃくになった。

都心のプラネタリウムに行ったのは、私も陽子も初めてだった。

リクライニングシートに身を委ねると、何とも言えない無上の開放感に包まれた。自転車事故も落石事故も遠い世界のことのよう。

「十月二十三日、今夜の夜空です」

女性のしっとりしたナレーションとともに、丸い空間は暗くなっていく。陽子のおぼろげな顔、不安になるほど。

「……一等星が三つ、夏の大三角形です。……秋の星座の一等星、魚座のフォーマルハウト……

東の空には冬の星座、おうし座が既に見えています。……」

「それでは、アンドロメダ姫やペルセウス王子が登場する神話の世界を、ご案内しましょう」

海神ポセイドンの怒り、化けくじらの厄災、生贄《いけにえ》として岩につながれるアンドロメダ。そこに現れるは、天馬ペガススに跨がったペルセウス。石と化す化けくじら。最後にアンドロメダとペルセウスは結ばれる。秋の夜空の一大スペクタクルは、図鑑と一緒で、うれしかった。

「北の空をご覧ください。北斗七星は、地平線近くに横たわっています」

陽子も反り返って北の空を仰ぐ。彼女は何も知らない、でもいつも言ってくれる。

「お仕事大変ね」

夜空の旅が終わりに近づいた。陽子と、こうしているのもあとわずか。

「今夜の五時の南の空です。オリオン座がしっかり見えています。このひときわ明るい星は子犬座のシリウスです。北の空では北斗七星が昇り始めています」

私は知っていた。夜の八時、北斗七星が中空に全容を現した時、それは春であることを。

「だんだんと東の空が明るくなってきました……」

丸い空間に照明が点灯した。私の横に陽子の顔があった。

「神話って分かりやすいね」

「ホント、みんな純真ね」

売店で星座の早見盤を買って、リュックに入れた。二人で料理店まで歩いた。

箸を取りながら早見盤を回す。陽子が不思議そうな顔をして覗き込む。

「すごいわ。全部、これで分かっちゃうなんて」

彼女の誕生日の夜、おひつじ座は徐々に端に追いやられ、七時を過ぎると盤から消えてしまった。

私は初めて黄道上に誕生星座が並んでいることを知った。しかし黄道の意味が分からない。

「何なの？　ふたご座はどうなの」

私の誕生日の夜、ふたご座は十時まで残っていた。

「しぶといわね、ふたご座は」

陽子はあどけない顔をする。愛おしさを覚えずにはいられない。

「誕生星座ってよく分からないね。陽子ちゃんは知ってる？　黄道って」

「知らないわ」

店から出た時、人けが少ない通りは看板の灯りだけが際立った。

公園に入った。柔らかな陽子の手から温もりが伝わってくる。木々の下の曲がりくねった小径は、どこに行くのか分からない。私は陽子の手を強く握り締めた。

光の中におぼろげな白いカーテンが現れる。噴水だった。ザーーーッと都心の夜のしじまに、穏やかに音を響かせて、幾重もの水のアーチを作っていた。突然、噴水はザザッと形を変えた。

噴水のそばのベンチに腰を掛けた。広場で小学生らしき子供たちが七、八人、駆けずり回っている。何をしているのか分からない、顔もよく見えない。でも、とても楽しそう。遠くで、ものすごい勢いで走る小動物がいる。犬だった。

「父も弟も、サッカーが好きでね」と陽子が微笑んだ。「公園にサッカーボール持ってってね、私も一緒に蹴ってたんだけど、母だけがやらなくて」

「うん」

「だから私、バドミントンに母を誘ってね」

「それはやさしいね」

腰を下ろしているお母さんにラケットを差し出す陽子を、うれしそうに見上げるお母さんを、私は思い描いた。

「バドミントンって風が強いとダメでしょ。風で羽根が飛ばされて、アレーとか言って、やってたら、気の毒に思ったのか父も弟も一緒に入って」

「いい家族じゃない」

「でも、今度は私一人がやらなくて。陽子の番、と言われても」

「なぜ？」と私は聞いた。

「よく分からない」

私は黙っていた。陽子は決して、天邪鬼《あまのじゃく》でも旋毛《つむじ》曲《ま》がりでもない。素直で明るい子だ。ところが時々私の視界からふっと消えて、予想もつかないところに現れる。そうなると、何も分からなくなってしまう。私は分かろうとはしない。女性とはそういうものだと自分に言い聞かせるのだ。

「ねえ、今度、どこか行かない？」と陽子が言った。

「行こう、行こう、どこがいい？」

「例えば、京都ってどう？」

「京都、いいねえ。ボクもね、京都の紅葉、見たことなくて」

リュックから携帯電話を取り出して操作した。明るくて小さなカレンダーが現れる。

「この辺って、紅葉はどうかな」

「場所によってはいいんじゃないの。陽子ちゃんはどこに行きたい？」

「嵯峨野は絶対。あと〝哲学の道〟とか、できれば大原も行きたいわ。ちょっと無理かな」

「OK、OK。全部行こう」

陽子はニッコリした。

「学生の時、青春18きっぷで大文字焼きを見に行った時なんてね……」

私なんかよりずっと好奇心旺盛な陽子、それなのに何の取り柄もない私と京都に行く陽子。

「……やっぱり鴨川の桟敷は忘れないわ、狭いとこに家族といた思い出ね」

陽子の頬が白い灯りに照らされている。

私は全く自信がなかった。けれど、このベンチから未知の世界に踏み出したかった。

「陽子ちゃん」

「え」

「今日、ずっと一緒にいたいんだけど」


広場の向こうのビルが、見知らぬ外国の街になった。

十一

ある日のこと、課長がせかせかと係長の横に来た。

「さっき、道路管理課の長谷川さんから電話が入ってね。来週の二日、火曜日、事務所に来るそうだ。石原さんも一緒に」

彼らの目的は落石事故の現場視察だった。バンパーを損傷させた原因が、本当にそこにあったのか疑わしいからである。事故直後に車をディーラーに持ち込んだならまだしも、走り回ってからでは。

それでも私たちは事故後の走行経路を聞き取った。山道は走っていないらしい。もしや枝なのではと、双眼鏡を覗いてみた。枯れ枝っぽいのもあるにはあったが、それが原因と言える証拠は何もない。その日は、時間があれば自転車事故の現場へも行くとのこと。

「石原さんが来るとなれば、一席設けないといけないな」と課長が言い出した。

私は石原さんの接待なんて、担当の仕事ではないと勝手に考えた。我々を見下したようにパソコンに注がれていた眼差しが、頭から離れない。

「誰がいいかな。井上さんと古川君、三輪さん、上の総務課長」

パソコン画面を前にして、三輪さんと私は目を見合わせた。三輪さんの口元がほころんだので、私も倣う。ウーロン茶を飲みながら石原さんと長谷川さんに笑顔を見せる三輪さん、それはお愛想に決まっている。

「当然、課長もですよね」と私が言った。

するると課長は照れた顔をして、

「いや、ボクはちょっと嫌だな」と頭を掻いた。冗談なのか本気なのか分からない。私たちは彼が石原係長を嫌っていることを知っていたし、一席設けないことには「そういう機会にお願いできるじゃないか」と所長に言われることも分かっていた。

「三輪さんと古川君はその日はどうでしょうか」と係長が聞いた。

私が「出れます」と答えると、三輪さんは「私も出れます」と言って、好奇の眼差しを私に向ける。


二回目の自転車事故の示談交渉が不調に終わった頃、小柄で痩せた白髪の男がやって来た。彼は、課長が「X県議の後見人みたいなもんでね、怖いんだよ。しっかり説明しないといけない」と言っていた市議だった。

市議はおもむろにパイプ椅子に腰を下ろした。課長たちは対面に座り、私だけが机の短辺に座った。

成本さんが得意げに、

「大東町の舗装修繕、切削オーバーレイですが、年内中には行います」と切り出した。

市議はにこやかな顔をして、

「それはありがたいことです」と頭を下げた。

「ところで、バイパスの加藤さんは契約難しいですか」と市議が聞く。

成本さんは長々と図面を拡げて、説明を始めた。

「ここまで側道を設ければ、田んぼにはアクセスでき……」

手振りを交えて自信満々である。しかし同じことの繰り返しのようにも聞こえる。

「それでも、納得されないですか」と市議は首を捻った。

前田さんは「はい」とたった一言だった。

市議が「バイパスの完成予定はいつでした」と聞くと、「今年度末です」と成本さんが迷いなく答えた。

「私からもよく頼んでみますがね」

みんなが頭を下げるや否や、市議の眉間に皺が寄った。本日の顔はこれだった。

「ところで穴ぼこ事故は頂けんですなあ。息子さんが言うんですわ、過失相殺で減らされて困ってると」

本題に突入する。市議の頂けない言葉と渋い顔からして前途は暗い。

係長が「はい、その件につきましては私から説明いたします」と前置きして、我々の言い分をいつもどおりの口調で話し始めた。

市議は頷きながら聞いていた。が、

「とは言え、示談は両者の合意が前提ですからね」と言って、話を終わらせてしまった、あっさりと。

そうなのだ、彼がここにいるのは、加藤家のためなのであって、我々のためではないのだ——。

「私からよろしいでしょうか」と、三輪さんが課長の顔色を窺った。

課長は頷いた。

「担当の三輪です。今回の事故、本当に申し訳ございませんでした。過失相殺について、加藤さんだけを特別にはできませんので、これからもしっかりと説明させていただきます」

彼女が何かを言うだろうとは思っていた。

「私、この事務所に来て三年目になります。今まで穴ぼこや倒木もたくさんありましたが、人身事故は初めてです」

それでも腹の底から絞り出すようなその声が、私の心を揺さぶるのだ。

「穴ぼこであれば、いつもは自動車のパンクかホイールの損傷でして、事故に遭われた方から何度も叱られました。でも慣れっこになっていたんじゃないかと思います……。ですから今回の事故を教訓にして……、もっとしっかりと道路を直さなくてはいけないと思います」

舌を巻く。議員さんを前にそこまで言ってしまうとは。

前田さんは少し寂しそうな顔をして、一点を見つめていた。

「これからの話としては、あなたの言われるとおりなんでしょうが、加藤さんをどうするかだなあ」

市議は腕を組み、口を一文字に結んで、目の前の課長の顔をじっと見据えた。やはり堅物であった。

課長は中腰になって、

「今、担当が申し上げたようなことを、加藤さんにもお伝えさせていただくとして、先生にも、是非ご理解いただきたいのですが」

沈黙の時間が、ものすごく長く感じられた時、市議が机をパンッと両手で叩いた。

「ま、とりあえず息子さんにも頼んでみますよ、あまり無茶言うなと」

再びみんなが頭を下げる。感謝なんてものじゃない、私は三輪さんに畏敬の念を抱いた。

市議は道路の改良と草刈りを要望した。

成本さんが「一度検討したいと思います」とか、河村さんが「草刈りの予算を確認します」とか、よく聞く答弁をしていたが、私は上の空だった。

夕方、課長がうれしそうに電話をしていた。

「……そうですか、それは残念です。——はい、では当日よろしくお願いします」

石原係長は所用で現場視察を取りやめ、長谷川さんは落石現場の視察後に県庁に戻ることになった。長谷川さんと付き合えなくなったのは、ちょっと寂しい。


十一月の昼下がり。G駅のロータリーで、私と係長は待っていた。明るい陽射しのおかげでバンの中はぽかぽか陽気。しばらくして駅の構内から背の高い男が現れた。

峠に向けて、ゆるやかな坂道を走り続けると、左手にみかん畑が目に入ってくる。緑の中に散らばる橙色は、G市ならではの光景である。

長谷川さんが「いつも大変ですね」と口を開いた。「できるだけ、事務所の意に添うようにしたいんですが」

私たちは、彼がいつも石原係長から口うるさく言われていることを知っていた。この事故も石原さんは辛辣である。

「出張中に、飛び石にでも遭ったかもしれん」と。

急カーブの路肩に停まる白いバン。その中に鷲野さんと本田さんの渋い顔があった。まるで大工の棟梁《とうりょう》とその息子が施主にでも呼び出されたかのようだ。

つづら折りをゆっくりと歩く。陽だまりが心地よく、ちょっとハイキング気分。急な斜面があるたびに、長谷川さんはカメラを向けた。

本田さんが、

「落石が発生した可能性は否定できないと思いますが」と悲しそうな顔をして言った。

「そうですよね。でもそれだけでは、損傷の原因がここにあったとは言えませんよね」

長谷川さんは、もっと悲痛な顔をしていた。逆にこちらが励ましたくなってしまうほど。彼とてこんな役柄を、好きでやっているわけではないのだから。

バンはゆっくりと下っていく。長谷川さんも係長も何もしゃべらない。ルームミラーに映る長谷川さん。私は彼に語りかけることができなかった。

私たちがG駅のロータリーで車から降りた時、早くも太陽光線は、一日の終わりを予感させた。長谷川さんは「ありがとうございました」と会釈して、足早に駅の構内に消えた。これから県庁に戻って石原係長と話をするなど、私にできたものではない。一週間が過ぎ去った。

十二

小春日和だったこの日も、先ほどまでオレンジ色に照っていた道向こうの住宅の横壁は、既に薄暗くなっていて、夜は間近にあった。門扉のレールが何度も鳴り響く。

窓に蛍光灯や机が映っている。冷気に覆われていく執務室、三輪さんはひざ掛けを纏って暖をとっていた。木製扉の音が刺々《とげとげ》しい。

内山君を残して私と三輪さんは、部屋を出た。

深夜のような静けさに覆われた銀杏並木。街路灯が所々、ひっそりとオレンジ色に照らしている。光の下で、グレーのコートの三輪さんが浮かび上がる。

「こんな日は、鍋が食べたいですね」

「ほんとね、鍋が恋しいよーって。諒君はなに鍋が好き？」

「アパートじゃあ、結構、鱈鍋《たらなべ》、食べますね」

「うちもそう、鍋いっぱいに白菜入れてね、だからまるで白菜鍋ね、鱈は下の方に隠れちゃってるから……。あなた野菜嫌いだから、もしかして白菜入れてないでしょう」

「入れますって、想像できます？　白菜がない鱈鍋なんて。それ、鍋じゃないですよ」

「想像するだけで可笑しいわ」


寒々しいホームの灯りの下に、コート姿の男が二、三人、肩をすくめて立っていた。

「この冬、何とか乗り切りたいですね」

「冬眠しちゃおうかな、私、イノシシだから」

三輪さんの口から干支が出るなんて。歳の差を感じてしまう。

「それは、ずるい。……あれ、そもそも猪《いのしし》って冬眠するんですか？　しないですよ」

「え、そうなの？　なら冬になったら、どうしてるの？」

「どっか、暖かいとこにでも行くんですよ」

何かで聞いた。それがどこだかは知らないけれど。

「へー、それいいわね。私もそうしよう」

「その時は教えて下さいね、どこに行くか」……〝ボクも付いていきます〟

「そうね、いいとこ探すわ」

ギラギラと明るくて冷たい光が近づいてきた。

「たっちゃんは冬はどうしてるの」

「冬眠なんかしませんよ、辰は寒いとこ好きなんで。雪のオトシゴだから」

「それ、ちょっと、無理っぽくない？」

路面電車の中は別天地だった。ロングシートに並んで座る。

「ここ暖かいですよ」

三輪さんは「ほんとね」とクスクス笑った。

路面電車は右に曲がっていく。

三輪さんが紺色のバッグからクリーム色の紙を取り出した。

「これ、下手なんだけど」

そっと、私に渡す。

びっくりしてしまった。封筒なんて。

「家で開けてね、絶対に」

心配そうな眼差しが、追い打ちをかける。

「はい」

私はカバンに入れた。

私鉄特急の先頭車両は空いていた。どこに座ろうかと迷ってしまう。バタンと椅子をひっくり返した。続けて車内はバタン、バタンとけたたましい。腰を下ろすと、うっすらと窓にカバンを抱えた私が映った。

ウーと唸り音を発しながら特急はすべり出す。ホームの灯りはすぐに消え、どんどんと加速する。窓の灯《ひ》がまばらになった。ヒュー……静かなモーター音が鳴り始めた。

カバンのチャックを開ける。さっきのクリーム色の封筒。手に取った。彼女の眼差しが脳裏にちらつく……開けちゃいます。シールを剥がした。ポストカード。

一枚目、裏面の一幅の絵。母と私だ。にこやかな顔をした二人の、似顔絵風に描かれた上半身。夕暮れ時の雲や橋や島がとてもきれい。しまなみ海道、亀老山《きろうさん》展望公園だとすぐに分かった。

次の一枚、舞台は千光寺だ。高欄の傍らに立つ二人。その向こうに街と海と山が広がって、小さな船が航跡を残している。

もう一枚、千光寺新道だろう。ノスタルジックな建物に挟まれた階段を下る母と私。そして小さく描かれているもう一人の女性。グレーのハットを被って階段の上の方に立っている。顔はよく分からなくても、優しく微笑んでいるかのよう。

遠くの灯りがゆっくりと移っていく。窓の男は呟く。みわさん、みわ、じゅんこさん、じゅんこ……泣いているのか。

あの年、私は母と一緒に尾道に行った、私がどうしても行きたかったしまなみ海道も。十五年前の二人の姿は、ついこないだのようにも見える。

雲の、島の、階段の、母の顔の、グレーのハットの、それらの一つ一つから、熱い息遣いと深い眼差しが、私に押し寄せる。

十三

地下鉄のホームに並ぶ係長の顔は、少しひきつっていた。道路管理課との打ち合わせの帰りだった。

石原係長は、

「大竹さんは賠償できない。事務所で説得してほしい。万一裁判になっても致し方ない」

と我々に告げたのである。

こんなときにもかかわらず、私は無責任な男であった。どんなに拗《こじ》れようとしょうがないではないか。私の心は一にも二にも自転車事故なのだ。

「どうすりゃいいんだ、裁判になったらなったで大変なんだから、この人手不足のなかで」

課長は額を摩っていた。心中察して余りある。彼の上司は、助けるどころか、彼を責め立てるに違いない。

「早く、相手にお伝えしたいと思いますが」

係長は、冷静だった。喜怒哀楽をあまり表面に出さないこの人は、見た目よりずっと強い。恐いお兄さんが声を張り上げたとき、口を歪めても銀縁眼鏡の奥の眼差しは変わらない。何かそこだけ次元が違うかのように。

鷲野さんが大きな手で顔を覆って、

「交渉は私も行きます。管理さん大変だ」と呻《うめ》くような声を出した。

職人気質の鷲野さん、今でも近寄り難い。けれど、この人ほど男気がある人はいない。交渉では一言もしゃべらないかもしれない。それでも構わない。

会議机の四人の男、誰が何時間かけようと、考えるべきことは、その謝り方だけであった。

「事務所で適当に払っちゃおうか」と課長が口にした。

「ま、そんなことしたら終わっちゃうけどね」

暗澹《あんたん》たる空気に覆われていた時、島の電話が鳴って、佐々木さんが私を呼んだ。

受話器を手にした私が目にしたのは、三輪さんのいない椅子だった。パソコンとファイルは開いているのに……。

冷たい雨が降る日の午後、私たちは大竹氏が経営するパブの扉を開けた。薄暗い店の中、趣向を凝らしたテーブルや壁の装飾品が新しいのか古いのか、はたまた埃《ほこり》を被っているのか分からない。

大竹氏は「わざわざ、すいません」と壁際のテーブルに私たちを案内した。黒いセーターに黒いスラックス姿が、何とも不気味である。

私たちが座るや否や、大竹氏は手を挙げて「ちょっと、誰か」と声を上げた。カウンターの奥から若い男が飛び出してきた。

「コーヒーでもいかがです」と大竹氏。

係長も鷲野さんも私も、作り笑いをしながら手を横に振った。

「水、持ってきて」

「分かりました」とサッと若い男は引き返す。

「それで、いいふうになった？」と大竹氏がニッコリと聞いた。笑顔はそこまでだった。

所長室から戻ってきた課長と係長の目は虚ろだった。所長は、「裁判になるなら県庁に人をもらうように頼むんだな」と言ったそうだ。

しかしその実、二人が聞かされたのは、「自転車事故を何とかせにゃいかんだろう。このままではバイパスが買えんぞ」ではなかったかと私は推測する。


昼休み、弁当をつついていると、島の電話が鳴った。受話器から穏やかな声が聞こえてきた。

「……の加藤です。昼時、恐れ入りますが、井上さんか三輪さん、お願いできないでしょうか」

係長は食事に出ていて、三輪さんは永井さんたちと歓談中、私は会議机に駆け寄って、

「三輪さん、加藤さんから電話入ってます」

一瞬で三輪さんの笑顔が消えた。彼女は真剣な眼差しで立ち上がり、すぐさま電話に向かう。

傍らで私は聞いていた。

「……三輪です。——はい、それは構いません——はい、分かりました……」

三輪さんは受話器を静かに置いた。そして私の方を見て、

「今度の土曜日、行ってくるね」とニッコリと言った。

「何時です？」

「十時」

動揺した。その日は陽子と京都に行く。

「土曜日なの？　アンタも辛抱強いわねえ、あたしだったら変えてもらうわ」

あけすけな永井さんの物言い、図々しくも頼もし気な言葉が私の心に突き刺さる。

「向こうが土曜日と言ってきたので、きっといい話になるわ」と三輪さんは言い返した。

彼女は、既に三回も交渉に行っている。頻度は前田さんより高いはず。それなのにその原因をつくった私は何もしてあげられない。それどころか、その日に遊びに行くなんて。

……うれしそうな陽子の顔、いっぱいの赤や黄色の葉の下の。

勝手口から、課長と係長がいつもどおりの顔をして入ってきた。

「土曜日かね。悪いけど、今度も二人でいいかなあ。気長に構えてればいいよ」

と相変わらず課長は楽天的、片や係長は、

「今度は了解してくれるといいんだけど」と重々しい。

三輪さんは、「きっとそうなります」と断言した。

それは預言者のようであって、私はその信者であった。

週明けの凍えるような寒い朝、蛍光灯の光の下に、係長の寂しそうな顔があった。彼は、

「他の判例をもっと勉強して来てほしいって」と静かに言った。

加藤賢悟の治療費が確定するのは一年後。後遺症はないらしい。私の中で幾重にも立ち塞がる胸の痞えの一つが、ストンと下りた。

十四

創作料理店の暖簾《のれん》の向こうは、暖色の光と騒《ざわ》めきに包まれて、前田さんと横山の顔に一人の男の背中が見えた。テーブルの上に何本もビール瓶が並んでいる。男は道路建設課の水谷だった。

私が水谷の横に腰を下ろしながら、「ご迷惑かけてます」と会釈をすると、前田さんは、「まあ、まあ、仕事のことはいいから、いいから」と斜め向こうから、私のグラスにビールを注いでくれた。水谷が話の続きをしゃべり出す。

「うん、それでね、成本さん、どんな格好してくるかなと思ってたんだけど、もうびっくりですよ、コーチみたいに様になってるんだもん」

水谷は休みの日に行ったテニスの話をしていた。話の主役は成本さんと青山さんである。私は、成本さんが絵だけではなくテニスも上手いことを知った。あのでかい体を器用に動かす姿は、ちょっと想像できないけれど。

「もしかしたら、ホントに成本さんと青山さんって、出来ちゃったりして」と横山が涼しい顔をして言った。

すぐさま前田さんは箸を置き、男前の相好を崩しながら横山の肩を小突いて、

「おまえな、成本なんかに取られたら用地課の恥だぞ、何とかしろよ」

ブティックで青山さんに振り回されながらも喜んでいる成本さん。そんな光景を想像すれば、思わずニンマリである。

「絵なんか、へのへのもへじしか描いたことないし、テニスなんかルールも知りませーん」

横山はおどける。見栄っ張りのくせして、こんなときには飾らない。本当に変わった奴。それでも私は彼が好きだ。

「ところで、用地課長って、こないだの説明会でひどいんですよ」と水谷が話を転じた。

用地課長は説明会の終了後、ボードに掲出した図面に文句を言ったそうだ。

「北と南が反対じゃ分からんだろう。地図は北が上に決まってるだろ」

「それだけは、オレも用地課長に賛成だな」と私は笑った。

女の子の話とか所長や課長連中の悪口は、あっと言う間に時計の針を進めてしまう。

「諒は誰がいいのかな」と、目が据わった横山がにやついた。

「石黒さんかな」と嘯《うそぶ》いた。

「陰ながら応援させてもらうわ」

その薄気味の悪さが、妙に可笑しい。

店から出た時、まばらなヘッドライトの灯りに夜更けを感じた。空気がゆったりとしていて、とても師走間近と思えない。四人はフラフラと駅に向かう。こんなとき、前田さんは言ったものだ。

「諒、もう一軒行こう。夜は長いぞ」

今、同じ言葉を聞いたら？　私は断ったに違いない。

見慣れた駅ビルの灯《ひ》が目前に迫る。水谷の肩にもたれた横山が、

「ボクたち、今日はサウナに泊まりますから」と言って、カクンと首を垂れた。二人は電飾看板ひしめく狭い路地裏に消えて行った。

前田さんと私は、すぐそばのコンビニに入った。狭い空間の奥まで行って、前田さんは、

「これでいいよね」と缶ビールを片手で二本掴んだ、銘柄を聞くでもなくやすやすと。いつもこうなのだ。

ペデストリアンデッキのベンチに腰を下ろした。ビルの上で踊り続けるネオンサインに、どことなく温もりを感じる。

プルタブを引っ張った。プシュー。ＴＤ駅のデッキ、閑散とした真夜中のデッキが呼び起こされる。

「前田さん、もう電車ないね」

「ファミレス行けば、朝まで飲めるよ」

「嫌ですよ」

デッキの下から煌々と照明をともした路面電車が現れた。この電車は、これから市役所前駅やＨ町駅を通って終着駅に向かう、家路に急ぐ人を乗せて。

腹の底から込み上げる。もう抑えられない。

「短刀直入に聞いちゃいますよ……。前田さんって三輪さんのことどう思ってます？」

彼にこんなことを聞くなんて。いや暖簾をくぐった時から分かっていたはずだ。前田さんは、缶ビールを片手に黙って前を見据えていた、何かを予感していたかのように。

「僕は好きですよ、あの人のこと……。前田さんだってそうですよね」

二人には妻も夫もいる。前田さんには美咲もいる。それでも、私はいつも思い描いていた。三輪さんと前田さんが肩を寄せ合いながら相談している。三輪さんの不安気な眼差しに、笑顔で答える前田さん。三輪さんはニッコリと微笑む。そして……

「元、部下なんだから、大事に思うのは当然だって」

そんな言葉で言い逃れができるなら、どんな犯罪者も無罪放免だ。

「それだけですか」

「諒は彼女いるんだろ」

「前田さんだって奥さんいますよね」

私の隣にいる男は前田さんなんかではない。私に謎解きを強いる見知らぬ男だ。

「僕は大好きです」


月末の夜、私は一人で待っていた。冷気に包まれて静寂した部屋の中で、防寒着を纏って。門扉のレールが冷たく鳴った時、柱の丸時計は九時を回っていた。三輪さんと係長が入ってきた。私は彼女の顔を見た瞬間に分かった。

「諒君、喜んで、お父様からいい返事頂けたの」

どこかで必ず蘇る。

夜更けに木製扉の音がして、女性の弾んだ声。カウンターの傍らで、グレーのコートを纏って、全身からうれしさを放つその姿。

十五

時間休をもらった。冷たい風の吹く師走のホームに停まる私鉄特急は、笑い合う四人組やら、仲良く座る男と女やら、大学生と思しき若者らの精気が放散している。

電車が動き出すと、私の心は高ぶった。同期の連中と会うのは一年ぶり、全員独身なので、いつも淡い期待が膨らんでしまう。

鉄橋の轟音が聞こえた時、向こうの山々が夕陽に照らされて赤く染まっていたのが、O駅を過ぎる頃には、もう太陽を見ることはない。ネオンが増えてくるうちに人が溢れるホームに到着した。はやる気持ちを抑えても酒場への足取りは早くなる。

女の店員に案内されて奥に入って行くと、同期の連中は、掘り炬燵《ごたつ》に下半身を埋めて歓談していた。

「よう、久しぶり、遠い所ご苦労さん」と懐かしくて元気な声を聞く。安井が私のコートを壁のハンガーに掛けてくれた。程なく現れた小野さんが、マフラーを外し、コートを脱いで、すぐに乾杯になった。コースの飲み放題だそうだ。

私は一人の女性——丸い顔、勝気そうな眼をしている——の名前が思い出せなかった。隣の竹内さんが、

「藤井さん、私が誘ったの、懐かしいでしょ」と自慢げに言った。藤井さんの職場は西M環境事務所だそうだ。

みんな、遠慮がちにぼそぼそと話していたのが、知らぬ間に毎度の話題で賑やかになった。

「あいつが今、あんなとこいるなんて、笑っちゃうね。どうして？」

「港務課の高瀬って、いつも派手な服着ててさ、予想してたんだ」

何かと人の話が好きである。私が横山の名前を口にした途端、

「どんな奴だったっけ、確か変わった奴だよね。そういえば……」となって、彼はしばし肴《さかな》にされた。

私はコップを持って藤井さんの隣に座った。彼女の向こうで伊東がニコニコして座っている。

「ボクのこと覚えてる？」

「覚えてるわ」

私は仕事のことや、路面電車のことを話した。

「……それでね、レトロとモダンがあって、何が来るのか楽しみなんだよ」

藤井さんが「景色いいとこあるでしょ」と聞いたので、私は半島の絶景スポットを教えた。

伊東が真顔で、

「今度、ボクと一緒に行こうか」

藤井さんは笑って、私は続けた。

「それでね、うちの事務所の人は、管内の山から富士山見てんだから」

「うそでしょう」

「みんな目がいいからね」

「私も見たい、どこの山？」

私はよく知らなかったから、

「どこの山でもいいんじゃない、目さえよければ」と答えた。

伊東が藤井さんのコップにビールを注いで、二人はスキューバーダイビングの体験談を話し始めた。

私は安井と他愛もない話をするのが、何より楽しかった。宴もたけなわになれば、いつも隣に安井がいる。絶えずコップに泡が湧き立って、泡だらけになったコップを眺めながら、「ごめん、ごめん」と言ってすぐにビールを注文した。


いつの間にか私は箸を付けていた。藤井さんが私の斜め後ろに座った。まだケロッとしている。

「ところでねえ、古川君の事務所に……」と彼女が言いかけると、後ろで胡坐《あぐら》を組んでいた谷口が、

「古川、よく通ってるね、T市の隣はもうS県でしょ」と口を挟んだ。

谷口の物言いは、いつも私を小ばかにしているように聞こえる。彼は採用以来ずっと本庁勤務で、今は土木局の中で一番威張っている課にいる。彼にはお似合いだ。私はどうしても谷口に嫌悪感を抱いてしまうのである。

「近いもんだよ、谷ちゃんの家に比べれば」

女の店員さんが腰を曲げて、黒い容器と茶色の容器、小さな漬物皿をテーブルに置いていた。

もう締めなのか。

「ところで、古川君の事務所に河野さん、いや三輪さんっているでしょう」と藤井さんがまた話しかけてきた。

「一緒にやってるよ」

藤井さんはニコニコしながら頷いた。

「あの人、困った人なのよ」

「はあ？」

「古川君は知らないの？」

「何が」

藤井は一体、何が言いたいんだ。

「教えてあげるわよ。四年前、あの人とO環境で一緒だったんだけど、あの人、休んでばかり、有給取りまくり、療養休暇もして。おかげで散々苦労させられたんだからね」

三輪さんの話なんかではない。彼女は風邪すらひかないのだから。

「だって、前の職場でとんでもないこと仕出かしたんだから、あの人。本人も上司も停職。上司なんか、結局それで辞めちゃったんだよ」

どこかの知らない人の話をしているのか。それとも藤井はでっち上げの話をしているのか？

「事務所の改修工事の時なんだけど、あの人、庶務担当で……それで、結局、改修のお金がないから修繕したことにしてね……」

酔っぱらって、私にはよく分かりません。何かよからぬ話が出てるけど、オレと関係あること？

だめだ。いくらはぐらかしても。

脳裏に三輪さんが現れて、いろいろな場面の彼女の笑顔が走馬灯のように回り始めた。執務室の、銀杏並木の、路面電車の、デッキの、夜店の……

「それなのに環境に来たら、ちゃっかり結婚するんだから」

断固拒絶だ！　物事には受け入れできるものとできないものがある。これは直ちに拒絶しなくてはならない。

その時、胡坐を組んでいる男の口から、

「そのせいじゃないのか、こんなに問題多いのは」と不可解な言葉が発せられた。

「はあ？」苛立《いらだ》ちが溢れ出す。

「道路管理課が怒ってたぜ。T土木は何でもかんでも賠償、賠償って持ってくるって」

その口調には怒気があった。

「何言っとるんだ」と私は言い返した。

「だから、もっと事務所で片を付けにゃいかんでしょう」

渦巻く、やり場のない憤り、絶望感。こいつらは、人のうわさ話しかできない連中。それでも結構。

ただ、あの人を貶《おとし》めることは許さない。でも三輪さん、それはウソだと言って！

ちょうど、さっきから私のそばで訳の分からないことをほざいているバカがいた。

「三輪がいるからじゃないのって言ってんの」

谷口の怒気が極まった瞬間、小皿が私の視界に入った。私は沢庵《たくわん》を掴むと、谷口の顔に投げつけた。

「だまれ！」

ピチャという音がして、谷口の白い頬っぺた辺りに黄色いものが付いていたことを、今も覚えている。

「何する！」

私がコートを抱えて振り向いた時、安井の顔が目にとまった。きょとんとしていた。外に飛び出した。目の前にネオンが浮かんでいて、コート姿の男たちがおぼろげに歩いていた。

あの夜、私が聞かされたこと、私は割り切っている。酔っ払いの空耳にすぎないと。それでも、空耳を忘れることはない。

三輪絢子、旧姓河野絢子。

彼女が昔の職場でやったことは、虚偽公文書作成。事務所の設備の改修が必要になったとき、修繕を装って改修に充てた。係長が主犯で、彼女は共犯だった。

十六

十二月十八日は、三輪さんの誕生日の翌日だった。目の前のクリスマスイルミネーションは煌《きら》めいて、行き交う人たちが立ち止まることなく忙しく通り過ぎて行ったり、若いカップルや女の子のグループがフラッシュを光らせたりしていた。

私は駅ビルカフェのカウンターで三輪さんを待っていた。窓外に目を凝らしつつ、何度も後ろを振り向いた。三輪さんが入ってきた。彼女はモスブラウンのコートを纏って来てくれた。

「ホント、今日は寒いわね」

三輪さんはコートを脱いで、私の隣に座った。彼女の頬がいつもより赤い。

「ケーキ食べようね」と私はメニューを渡した。

「諒君は何にした？」

「これと、紅茶にしようかと」とメニューを指さした。

メニューを見入る三輪さん、いつもの三輪さんとは思えない。彼女の眼差しに気持ちが浮き立った。

「うーん私は、これと……。そうね、やっぱり紅茶ね」

「ボク買ってくるから待ってて」

「一緒に行くわ」

窓際にショコラケーキとオレンジケーキと紅茶が並んだ。

「三輪さんの、いいですね」

「半分こしましょうか」

三輪さんはフォークでケーキを割った。一本のフォークにケーキを載せ、もう一本で支えて私のお皿に運ぶ、口元をゆるませながらも真剣な眼差しで。私も同じようにして三輪さんのお皿に運んだ。

三輪さんは私のケーキを口にすると、目を細めた。

「これ、おいしいね」

「よかったです」

私はそれだけで満足してしまった。カバンの袋など出さなくても。

「出際に由紀ちゃんに会ってね。彼女、『いってらっしゃい』なんて言うから、思わず『行ってきます』って言っちゃった」

「行ってらっしゃいと言われれば、それしかないですよね」

「そうよね、それしかないよね」

私は自分がどこへ行ってしまうのか分からなくなった。すぐさまカバンから袋を取り出した。

「お誕生日おめでとうございます」

「まあ」

三輪さんはびっくりした顔をして、すぐに手に取ってくれた。

袋を見ている、うれしげに。私はドキドキだった。

「見ていい？」

「どうぞ」

三輪さんはそろそろと袋から取り出した。

『水彩画　風景画集』

「素敵、ほんとに頂いていいの？」

私は頷いた。

「うれしい、ありがとう」

三輪さんの笑顔がうれしかった。

彼女は、表紙を見つめた。そしてページをめくる。

雪景色の函館ハリストス教会。

「いいなあ、函館って。私もこんなふうに描けたらなあ」

「ほとんど同じじゃないですか」

「すぐ煽《おだ》てるんだから」

三輪さんは教会の絵に見入っていた。

「ねえ、諒君って、サンタクロースのこといつまで信じてた？」

「幼稚園の頃には見破ってましたね。だって包装紙がM百貨店なんだもん。サンタがそこで買い物するわけないから」

「全く夢のない幼稚園児ね。私は四年生ぐらいまでは信じてたわよ。二十五日の日に届くの、それがうれしくて。父が毎年送ってくれてたのね。もしかしたらM百貨店だったのかも」

言葉が出てこない。

「きっとそうだよ」

これだけだった。

「でもよかった、今年はサンタさんがいて」

私がケーキ皿を返却口に置いた時、煌めく窓の前に三輪さんの後ろ姿があった。彼女に他のサンタがいても構わなかった。

三輪さんは、ゆっくりとページをめくった。

……袋田の滝……江の島のヨット……

「きれいだね」

彼女はささやく。

「いいよね」

私は描き入れた、二人の笑顔を。

安曇野《あずみの》のページ。雪を抱いた遠くの山並みと緑の田。

「諒君は安曇野って行ったことある?」

「いつも素通りだよ、白馬に行くときなんかの」

「是非、寄ってみて。うーん、でも冬より春かな。この絵のとおりなの、ほんときれいなの」

第五章

一

あれよあれよという間に、新年も一か月が過ぎようとしていた。

窓からの陽射しにぬくもりを感じた朝、母から電話があった。兄の子が生まれたことを伝えていた、いつもの少しかすれた声で、どこか厳かな雰囲気を漂わせて。

女の子だった。何か月も前に分かっていたことではあるけれど、綿菓子のような桜が覆い被さる幼稚園の門壁の前で、うれしそうに女の子と手をつなぐ兄の姿を思い描いた。姪《めい》の名前は紗季といった。

立春を過ぎても朝晩は寒かった。朝日が眩しい路面電車に揺られながら、「あれ、雪でも降ったのかな」と車窓に目を凝らす。

それは、鬼祭りで撒かれた飴粉だった。神社の春の例祭である鬼祭り。毎年二月の十一日、赤鬼と天狗《てんぐ》のからかい合戦が繰り広げられる。赤鬼が負けて退散すると、赤鬼の浄罪として丹切飴と真っ白な飴粉が撒き散らされる。

ある日曜日、私は母と兄と一緒に義姉の実家に出向いた。静かに入って行った部屋は、甘ったるい香りに満ち溢れ、あらゆる生命を育む揺籃《ようらん》のように暖かかった。ベビーベッドの中で紗季は、「私はこれじゃないとダメなの」と主張しているかのように、すやすやと眠っていた。

二月も終わりの夜、駅ビルの弁当を頬張っていた時、テレビが大勢のファンに見送られて動き出す青い寝台特急を映し出していた。一度も乗ったことのないブルートレイン。課長がＪＲのダイヤが変わるようなことを言っていた。

携帯電話がローテーブルの天板を震わせた。深谷の名前、今まで一度も表示されたことがなかった名前。

「今、いいかな、急な電話でごめんね。仕事は順調に行ってる？」

この声は、私を出張所時代に引き戻す。ざわつく部屋の向こうで、ギョロッとした目をして業者と話をする深谷さん。時折、大きな口を開けて何やら笑うのだ。私はテレビの音量を下げた。

「オレ、今日の朝、パト車に乗ってね、めったにないことなんだけど。現場の近くを走ってるならすぐに行ってくれと、事務所から連絡を受けたんだ。それでその現場に行ってみると、パトカーが停まっててね、お巡りさんが交通誘導してた」

饒舌《じょうぜつ》な語り口は講談のように聞こえる。彼はいつもこんな調子だった。

「穴ぼこがあったんで、巡視員が穴埋めしてね、ボクも手伝ったんだけどね。反対側に、小っちゃな外車が停まってたんだけど、パンクしてたようで男の人が修理してた。お巡りさんは、その人が交通誘導していてくれたと感謝してたよ」

その男、警察が来るのを待ちわびながら、渋い顔をして手を振っている。

「これはボクの推測だけど、その外車は穴ぼこにはまってＵターンしてきたんだと思う。交通誘導している間に空気が抜けちゃったんだろうね。それでボクは、お礼言おうと思って、その人に近寄ったら、手を振って遠慮するんだよ」

小さな金属の塊から聞こえる言葉は、伝道師のそれだった。

「その人、ニット帽を被ってサングラスしてて、助手席には女の人が乗ってるから、あまり深く聞いちゃいけないなと思って、結局、何も聞かなかった」

あの日、食堂にいたのは伝道師。私はもう分かっていた。

海を望む菜の花畑の路肩に停まる小っちゃな外車。その傍らでジャッキアップしている男と、助手席でじっと佇む女。

「でも、その人、間違いなく前田さんだった。女の人の方もね、キャップとサングラスしててはっきりしなかったけど、あの人だよ……。三輪さん」

心の鎖が溶解した。

二

暖かな陽射しが執務室に射し込むと、T土木事務所に通い始めた頃が思い起こされた。みんなが時間に追われていた。

占用許可の更新事務がいっぱいあって、穴ぼこ事故も冬の眠りから目覚めたように発生した。用地課の案件も片付いていなかった。前田さんたちは何度も足を運んだけれども、加藤老人は首を縦に振ってくれない。

三月十六日は人事異動の内示の日だった。維持課の職員は、三階の小会議室で一人ずつ、課長から異動の有無と異動先を告げられる。そんなときでも私たちは、目の前の仕事を黙々とこなしていた。

木製扉が開いて三輪さんが戻ってきた時、私は彼女の顔からは何も分からなかった。三輪さんは席に座ることとなく言った。

「私、替わります。農政局のU事務所です」

彼女は何事もなかったかのように机に向かった。

私が小会議室の扉を開けると、背広姿の課長が一人で座っていた。彼はいつもの課長ではなく、人事異動を伝達する専門の官吏のように見えた。

課長の第一声は、「古川君は事務所の異動はありません」

一年目なので、当然であった。

「一年間、よくやってくれたね、ご苦労さま」と課長は、励ましの言葉をかけてくれた。「来年も、同じ担当でお願いしたいなあ」

四月からの業務が頭を駆け巡る、許可や承認、管理瑕疵、境界立会い……そして、占用基準を、乗り入れ工事を、過失割合を、私が私の斜め前の人と話すとき、その人は三輪さんではない人である。

この日、維持課では六人が、本田さんも夏目さんも内山君も、異動を告げられた。

交渉に出かけていた前田さんは、夕方、内示を聞いた。彼はN土木事務所の用地課だった。長坂が県税事務所に異動するらしい。

私は前田さんをランチに誘った。花曇りの空の下、うっすらと赤味がかった桜は、今にも開花しそうである。

『日本近代絵画展』の横断幕が風を孕《はら》んでいる。テラスも屋内もいっぱいだったので、私たちはサンドウィッチをテイクアウトして、公園のベンチに腰を下ろした。風に煽《あお》られた噴水が、不本意な姿を晒す。

「見納めがちょっと早く来ちゃったよ」

せっかく一緒になれた前田さんとは、一年の付き合いしかできなかった。噴水台から噴き出す水の造形、これを初めて見たのは、前田さんにランチを誘われた時だった。向こうのテラスで話す二人の男が、前田さんと私のように見えてくる。

前田さんに初めて出会った頃、彼は言っていた。〝高速道路も空港もできるなんてね。でもそれって相当先のことに思うけど、すぐに来ちゃうよ。その頃は古川君は別の局なんだろうな〟

正に今が、その頃なのだ、そして私は前田さんの横にいる。あの時、だれがこれを予想したであろうか。

「空港もできましたね、一度、あそこから乗ってみたいですよ」

「どこから乗ろうが、オレは飛行機は無理だな、あんな高いとこに命、預けるなんて」

ＴＤ市の飲み屋でジョッキを片手に語る前田さん。

「昔、そんなこと言ってましたね、でも美咲ちゃんは、乗りたいんじゃないですか？」

「いやいや、飛行機以外ならどこへでも連れてくから」

父と娘、あの海の帰り、二人は夕食にどこかのレストランへ行ったのだろう。

「今度、芸術祭に行こうかとね、あの子、誰に似たのか、感度がいいんだわ」

前田さんが加藤老人にけりを付けられなかったことを悔やんだ時、私は詫びた。

「もともとあの人は無理だから、気にする必要は全くないからね。でも、せっかく井上君たちが了解を取ってくれたのに。やっぱりオレの力不足だな」

前田さんの視線は噴水の方にあった。ザーーッとひたすら噴水は鳴り続けている。

私の隣に座る男の横顔、その目尻。それは出張所時代、何遍も何遍も見たものなのだ。話好きのおじいさんの自慢話を愛想笑いをしながら聞いている時、渋滞に巻き込まれて「諒、次の信号右折だぞ」と得意げに示した時、補償費の積算を間違えて私が恐る恐る顔を向けた時。

「こんな日だった、彼女が来たのは」

彼が見ていたのは、噴水ではない。

丸太に座ってみんなで弁当を食べていた時、彼が見ていたのはクジラの島ではなかった。項垂れる私の肩を叩いた男は、決して私を見ていたのではない。土地売買契約が取れた日の夜、前田さんはにこやかにビールを注いでくれた。あの時、彼は何を見ていたのだろうか。

「とてもきれいなのに、淋しそうでね」

もはやその時が来た。二人の三年間、私が口出しできるものではない。けれど、彼を誘ったのは、すべてこのためなのだ。何と思われてもいい。そんなことは大したことではない。私は気力を振り絞った。

「前田さんは三輪さんと一緒になるべきです」

すぐに、自分の口から出た言葉なのか怪しくなった。

今のわずかな〝時間〟が消えてしまったかのように前田さんは、噴水を見ている。水が吹き出している。もう私は何も言うことができない、疲れてしまった。

木漏れ日の園路を歩きながら、前田さんが言った。

「また、県庁に来たときにでも、寄ってくれよ」

「寄りますよ」

三

数日が経った。私は一人、バンを走らせていた。G市役所の帰り道、ちょっと遠回りの海岸道路は、三角屋根の小さな塔とシュロの樹が現れると、右手にキラキラ光る海が広がって、既に水の季節が到来していることを告げていた。沖合に白い三角帆が点々と浮かぶ。

幹線国道に合流した途端、すべての車が牛のごとく前に向かっていた。トレーラーのテールランプが、やたら点灯する。交差点で無意識にハンドルを切った。しばらく進み、次はことさらに切る。

八木街道に入った。田んぼの中の赤いトラクター。人が乗っていて、それは動いていた。向こうにオレンジ色の野立看板が見える。

おかしい、そこなのに。

路肩に車を停めた。倉庫が建っていた辺りにグレーの砕石が撒かれていた。車から降りた時、天空からヒバリのさえずりが聞こえてきた。

銀杏並木は夕暮れの柔かな空気に包まれて、ベージュのコートが、私をタイムトリップに誘った。

「ごめんね、仕事、残しちゃって」

「何言ってんですか、三輪さんが全部片付けちゃって」

「でも、この一年、うれしかった」

「僕こそですよ」

この一年。その言葉に、私は連れ戻される。初めて会う人たちの喧騒の中、席に座って机の下にバッグを入れる女性がいたあの時に。

「また、どこかで一緒にやりたいです」

「私も」

信号が見える。四月の夕暮れ、横山たちと、この女性の後ろ姿を追いかけた。

「今日、八木街道、見てきました」

「八木街道？」

「初めて一緒に境界立会いに行った所です。倉庫が建ってた所」

「倉庫？」

あの日、あなたは見ていた。何の変哲もない……。

「思い出した！　あの自分で作った倉庫ね」

「それです。でもあの倉庫、なくなってました。せっかく三輪さんが壊さなくてもいいと言ったのに」

「そうなんだ、壊しちゃったのかあ。立派な倉庫だったのに」

行き交う光が近づいてきた。ざわめきの電車通り。この辺りであなたは聞いたのだ。

「今日は三人で飲みにでも？」


異動があろうがなかろうが、顔色を変えずに仕事をするのがしきたりのようだった。とは言え、異動する者は大変である。残務整理は当然ながら、三月中に自分の仕事を後任者に説明すること、次の勤務地で新たな仕事の説明を受けることが課されていた。

「今度のところはどう、大変そう？」

係長の言葉に胸がざわめいた。三輪さんの新しい職場の、私が知らない人ばかりの、きっとこと似たような部屋のどこかに彼女の机があるのだろう。その部屋で彼女は駆けずり回っているのかもしれない、目を閉じているのかもしれない。私は今でも彼女の返事を覚えている。

「残業はあまりないみたいです。でも私、数字に弱いから心配で」

「大丈夫、大丈夫、私よりずっとしっかりしてる」

「ありがとうございます」

あの時の三輪さんの笑顔を、私は長い間、忘れることができなかった。

三輪さんの後任者がやって来る時間になった。彼女の机に、フラットファイルやチューブファイルが何冊も置かれている。管理瑕疵のとき、いつも彼女が携えていたファイル、私が占用許可基準を聞いた時、「それはですねえ」と言って彼女が指でなぞったファイルも。

木製扉が開いて、大きな男がおずおずと入ってきた時、私は小笠原さんを知った。黒色のコートに黒のスーツ、まるで熊のようだった。

小笠原さんは課長の前に立って、

「四月からお世話になります。小笠原です。よろしくお願いします」

とロボットみたいにお辞儀をした。

「管理瑕疵とかちょっとつらい仕事もあるけど、みんなで相談しながらやりましょう」

課長がにこやかに言った。しかし、小笠原さんの顔はひきつったままである。

永井さんが立ち上がった。

「よろしくね。でもほんと大きいわね。身長、いくつなの」

「一八五です」

「四月から景色変わるわ」と永井さんは笑った。

「小笠原さん、さっそく引き継ぎよろしいでしょうか」と三輪さんが聞いた。

「お願いします」

この日、三輪さんの横で大きな体を縮めるようにして丸椅子に座る小笠原さんは、しきりに頷いていた。

終業間際、課長から『2005年度T土木事務所維持課道路管理係事務分担表』と『2005年度T土木事務所維持課配席図』が配られた。

私の斜め前、そこには〝小笠原祐一〟とあった。

四

三十一日の午後、三輪さんはファイルから書類や図面を取り出しては、せっせと廃棄ボックスに入れていた。黒色の引き出しのトレイを机に置いて、ペンや定規の仕分けをやっていたかと思えば、今度は引き出しの雑巾がけをやっている。いつの間にか、机に並んでいたファイルと本がなくなった。

「景色が少し変わりましたね」

係長のその言葉は、明日からすべてが変わる前触れのように響いた。

「すいませんでした、いつも汚くしてて」と三輪さんはニッコリと言った。

永井さんが椅子を回した。

「寂しくなるわね、連絡忘れないでよ」

「はい」

終業時刻が迫る頃、三輪さんの机の上には、はちきれんばかりのボストンバッグがあった。

課長が二〇〇四年度、締めの挨拶を始めた。

「替わる人、替わらない人、悲喜こもごもではありますが……この課での実績は、どこへ行っても活かされることと思います……」

外はまだ明るく、何台もの車を残して係長のカローラは発進した。助手席に私、三輪さんは後部座席。

銀杏が、建物が、信号が過ぎていく。

ホームにいっぱいの人が立っていた。電車通り、路面電車が一瞬で後ろに遠ざかる。神社の石柱、警察署。市役所前駅もいっぱいの人。無口のままカローラは走り続ける。真後ろの三輪さんを感じる、しっかりと。郵便局の右カーブを曲がると、前方にまた路面電車。私たちに追い越されていく車窓には、たくさんの人が吊り革を握っていた。

駅の転回路に止まった。助手席のドアを閉めた時、ベージュのコートを纏った三輪さんが、ボストンバッグを抱えながら降りて来た。

「カバンを」と私が手を差し出すと、彼女は微笑んだ。

「大丈夫」

それでも私はちょっと強引に、

「持ちます」

ズシリと感じる。重さではない何かを感じる。三輪さんとの思い出が伝わってくる。三輪さんの三年間の喜びや悲しみ、いや、それだけではない。

係長は和やかに三輪さんと別れの挨拶をした。眼鏡の奥の、寂しい思いを隠した眼差し、私は初めてそれを見たのかも知れない。

エスカレーターは、三輪さんと私をたやすく運んだ。雑踏のペデストリアンデッキ。改札口がやって来た。すぐ向こうの広場、そこは三輪さんと別れても、いつも明日という日があった。それがどんな日であろうとも。

三輪さんが振り向いた。

「諒君」

「下まで行きます」

横山を見送った夜、寒くて閑散としたあの夜。

ＪＲの階段を下りる。少し振り返れば三輪さんがいる、もう終わってしまう。ボストンバッグの意味が分かった。三輪さんの明日からが詰まっている。

日暮れ時のホームは、蛍光灯が寂しく灯り、人影はまばらだった。

「ありがとう、助かったわ」と三輪さんは、ボストンバッグを手に取って、ベンチの小さなテーブルに置いた。二人はベンチに座った。

向こうのホームに長々と電車が停まっている。ＨＭ行き。

「そう、忘れてた」と三輪さんは紺色のバッグから手帳を取り出した。いつもの二〇〇四年度版。それを見ながら彼女は言った。〝明日、九時に中日本電力の山本さんから小笠原さんあてに電話が入るから、部屋にいるように言ってね〟〝それと、小川設計が乗り入れ口の件ですぐにでも相談したいって、諒君、その時は悪いけど一緒に入ってあげてね〟私は「了解」と答えた。

ＨＭ行きが動き出す。

「私ね、三年もいたけど、一度もあの電車に乗らなかった」

Ｔ土木事務所にＳ県の在住者は聞いたことがない。すぐ隣の県なのに、とても遠くに感じてしまう。

「僕でもきっとそうですよ。何年いても」

「間違いようがないしね」

最後尾車両の赤いランプが遠ざかって行く。いつの間にかホームには、大勢の人が待ちわびるように立っていた。

ヒューと音を立てながら電車が滑り込んできた。一斉に扉が開くと、たくさんの乗客がホームに吐き出され、見る間に車両は空になった。続けざまにみんなが車両に入って行く。バタン、バタンと椅子がひっくり返る、私鉄特急と同じである。

「三輪さん」と私は促した。

「大丈夫、余裕で座れるから」

車両の端に座る男が、意気揚々と缶ビールを開けた。彼女が三年間、乗り続けた電車。私は何も知らなかった。

「明日から、座って帰れないね」

「ホント、でも今度は、寝過ごすことないから」

「ここならいいじゃないですか。勝手知ったる何とかで」

「そうそう、気付いても、なんだここかって」

六月の銀杏並木、〝一回、凄かったの。どこだと思う?〟〝G県まで行っちゃったんでしょう〟

〝正解、一体ここはどこなのって、もう真っ青。次は終点、OG駅なんだから〟

三輪さんが寝入ってしまった理由、青山さんと二人で飲んだから。それ以上のことは知らないし、考えないことにしている。

パラパラと乗り込む誰もが、座るとすぐさまホッとした顔に変化する。向こうの扉から道路建設課長が乗り込んだ。ドーベルマンだからすぐに分かる。

「あの方って、電車の中でいつも専門書を読んでるの。勉強が好きみたい」

「用地のこともやたら詳しいって、横山が嘆いてた」

「一体、どういう頭してるのかしら」

勉強や仕事が熱心な人、頭のいい人は結構いるけれど……。

電車は静かに停まっていた。

三輪さんは立ち上がって、ボストンバッグを掴んだ。私も立った。

「そろそろ、行くね」

「三輪さん、元気でね」

「諒君こそ元気で」

三輪さんの後ろ姿が、電車の中に入っていった。窓際の席にゆっくりと腰を下ろすと、口元がほころんだ。彼女はずっとこれを続けてきたのだ。他がいかに変わろうとも、これは変わらなかった。しかし、今日で卒業なのだ。

プルルルーと発車ベルが鳴って、扉が閉まった。電車は動き出す。三輪さんは、微笑みながら手を振った。

私は階段を駆け上がり、改札口をくぐってきた人たちと一緒に、私鉄ホームに下りていった。

終章

一

五月、私は人生の節目を迎えた。

志摩へのドライブの帰り、サービスエリアでジムニーに乗り込んだ時、助手席の陽子にプロポーズした。

「お願いします」と、ちょっと上ずったうれしそうな声が返ってきた。

妙な感覚だった。照れた顔の女性が発した言葉、それを聞いたのは、私というよりも、ある瞬間の私であって、明日、いや一時間後の私は、もはやその言葉は跡形もなく消え去っていて、昨日とは何も変わっていないのではないだろうか。

それでも翌日からいろいろなことが違って見えた。銀杏並木はみずみずしい若葉の並木になった。


六月最初の月曜日。課長が部屋に入ってきた時、私は、水道管の道路占用許可の決裁書を作成していた。井上係長と小笠原さんは机に向かっていて、佐々木さんが、カウンターで誰かと話していた。

課長はやけに忙しく、鷲野さんのそばまで足を運び、やけに神妙に話をしているものだから、私はお偉方が穴ぼこにでもはまったのかと勘ぐった。首を捻っている鷲野さん、悩ましげで、不可解そうである。誰であろうと過失相殺は変わりませんよ。

こちらにやって来る課長の眼差しは、どこか寂しげだった。係長の横、押し殺したような声だった。

「昨日、前田君が亡くなった。交通事故らしい」

課長なりに平静を装っていたのである。課長は、「細かいことは、また、庶務に連絡が来るので」と言って、部屋を出て行った。

なんて早い幕切れなんだ。しかしこの幕が二度と開かないことに気付くのは、もう少し先のはずだ。

鷺野さんが中根さんと何やら話をしている。彼が今、思っていることは私と同じである。

ぼやけた視界の中に永井さんが現れた。

「まだお子さん、小さいんだよね」

私は目の前の仕事を続けた。そして少しずつ分かってきた。数字の間違いを笑顔で諭し、水を掻き分けながらやって来た男は、もうこの世にはいないということを。

昼過ぎに、課長は私たちを会議机に招集した。小笠原さんは、島の電話番。なぜ彼だけが、そこに座っていられるのだろう。前田さんを知らないから、当たり前のことだけど。

雨あがりの夜、前田さんはハンドルを握っていた。目前に自転車が飛び出したらしい。とっさに避けたものの、車は路肩の電柱に衝突した。救急車で病院に運ばれた前田さんは、翌日、息を引き取った。

お通夜の会場はＫＴ町内の葬儀場だった。係長のカローラに佐野さんと中根さんも同乗した。

西日が眩しい幹線道路は、帰宅ラッシュなのか車がいっぱい走っていた。前田さんは、「抜け道があるんだわ」と得意げに言ったことがある。

ロビーのあちらこちらで、黒ネクタイ姿の男が二、三集まって話をしていた。所長の横にいる見知らぬ男は、N土木の所長だろうか。

何人かの女性が目に入る。男たちと話をしていたり、壁際に並んでいたり。私は気もそぞろに、横山と長坂の話に耳を傾けた。永井さんと青山さんは服部さんと一緒だった。青山さんはハンカチを当てていた。

出張所時代に一緒だった人たちと会った。彼らは別人のようによそよそしい。

遺影はいつ頃のものなのか、とてもにこやかな顔をしていた。三十歳ぐらいだろうか。私が全く知らない頃の。

喪服姿の夫人は、長身の美しい人だった。前田さんは、奥さんのことをあまり語らなかった。私は聞いたことがある。〝こんなに遅くまで飲んでて、怒られませんか?〟彼は言った。〝みんな寝てるから、一緒、一緒〟

この女性は、前田さんの帰りを待っていたと思う。前田さんは甘えていたのだ。そしてきっと愛していた。――私は探した。

美咲がいない。

丸太に座って前田さんの横で弁当を食べていた少女、セイルを引っ張ってくれたあの少女がいない。控え室に閉じ籠もっているのか、熱でも出して家で親戚の人に看られているのか。

ご焼香の時、みんなが目を閉じた。そこにあの女性《ひと》の姿はなかった。

私と前田さんの付き合いは、数えるほどだった。出張所時代のように毎日、顔を合わせるどころか、その姿すら見ない日も続いた。出来事といえば、数回の飲み会やカフェでの雑談、たった一回の夏の海。

悔やんだ。なぜ、あんなに早く海から上がってしまったのだろう、前田さんに見てもらう前に。三月に前田さんと別れて以来、私はうっすらと思い描いていた。前の一年間は、本当ではなかった。次は一緒に仕事をして、一喜一憂する、出張所時代のように。悲痛が胸に込み上げる。なぜならそれが、本心ではないから。

そんなはずはないと、いくら自分に言い聞かせても、私は前田さんに忌避感を抱いていた。あんなに笑顔を見せてくれながら、心の奥底では、彼を避けていた。出張所の時から、初めて会った日から。

彼はそれを知らなかったはずだ。それは、ずっとつらい。

漠然と分かることがある。彼は眩しすぎたのだ。何も感じないのか、感じても真に受けない術を知っているのか、フランクに前田さんと接する横山、割り切っている長坂、そんな二人を私は羨んだ。

二

そのメールが送られてきたのは、夏も終わりの頃である。

「諒君、お元気ですか。お伝えできずにごめんなさい。突然なのですが、事情が出来て、大分に帰りました。また、連絡します。あまり無理をしないでね」

私を動揺させたのは、この言葉の他にもあった。送信者が、本当の名前ではないということ。それは私が呼び、みんなが呼び、彼女が名乗っていた名前、その名前の女性はもういないのに、ふっと過去が戻ってきたかのように、画面にその名前が記されていたこと。

私は、この突然すぎる事情を問うようなことはしなかった。彼女は大分の人、私が分かる唯一の理由だった。


十月に入ると、気が向けば引っ越しの準備をした。新居はK市内の逢見荘。私たち二人の生活がすぐそこまで迫っていた。

クローゼットには、夏物も冬物も一緒くたにぶら下がり、毛布をめくったら、一度も使わなかったキャンプ道具と、スノーボード雑誌のバックナンバーが現れた。ベッドの引き出しは、「そんなに持っててても本当に読むの?」と母が呆れ顔をした新書や文庫本がぎゅうぎゅう詰めになっていた。

窓際に横たわるスノーボードのチューンナップ道具、そこに板を載せたのは、たったの三回だった。

衣装ケースに夏物を入れ直す。一度も手を通さなかった服がある。ジーンズのついでに適当に選んだのが間違いだった。来年は着るのだろうか。

無地の段ボールを何枚かホームセンターで買ってきた。新居で開けるもの、そうでないものを仕分けするのは、新生活を先取りしているような気がして、ちょっと心うれしいのである。

ほとんど開くことがなかった『世界史全集』、逢見荘の窓辺で読むなんて、ありもしない光景を浮かべつつ、段ボール箱に詰め込んだ。そして箱の側面にマジックで書いた、「歴史本」と。

本箱から溢れんばかりの紙の資料、組合員のしおりやら、事務概要やら、フラットファイルやら、久々に引き出すや否や、段ボール箱に入れていく。「本・ファイル」と記す。

月末、部屋の隅に高く積まれた段ボール箱が、出発を待っていた。


十一月の土曜日、兄がアパートに来てくれた。陽射しのせいで、荷物を抱えて階段を下りるたびに額から汗が滲み出る。ジムニーとハッチバックの荷台のスペースはすぐに埋まっていった。

兄が真顔で聞いた。

「これみんな、要るの？　置くとこなんかあるの？」

「悪いね、みんな要るもんだから」

「金魚はどうするんだ」

健気《けなげ》にジャンヌとフィスが泳いでいる。

「持ってくよ」

「陽子ちゃんとすくった金魚だからな」と兄が冷やかした。

K市はI県のほぼ真ん中、西M地方の端にあって、川向こうはO地方である。逢見荘は、私鉄の駅に近かった。普通電車しか止まらない小さな駅。それでもこの駅は、陽子と私の思い出の駅だった。

それもそのはず、アパートで賃貸物件を探していた時、「ここならどう？　歩きで十分だよ」と陽子が指さしたネットの画面には、初めて二人で行った花火大会の最寄り駅が載っていた。

十一月十五日、火曜日。暖かな日だった。私と陽子はジムニーに乗って、K市役所の北部支所に向かった。

来庁舎はいなかった。四、五人の職員が静かに机に向かっている。中年の女性職員と目が合った。婚姻届は入り口そばのラックに置かれていた。

彼女はお祝いの言葉を贈ってくれた。それは、「おめでとう」とか「ずっと仲よくね」とかありふれたものだった。

私は最後にびっくりした。

「……私の方は元気です。ちょっと驚かしちゃいます。私、来年、お母さんになります。頑張るね」

仕事納めが迫る頃、加藤賢悟の賠償金が支払われた。私も頑張って、又しても県庁を巻き込んだ穴ぼこ事故を、何とか示談締結に漕ぎ着けた。所長は労を労ってくれたが、その顔に思ったほどの笑みはなかった。

五月の末、逢見荘に一通の封書が届いた。
大分市※※町　河野絢子
見覚えのある字。現場から帰ってきた時、いつもパソコンに貼ってあった付箋の字。

「諒君、お元気ですか、私は元気です。もっと早く書かなくてはいけませんね。

夕暮れがとても遅くなりました。こんな日は、路面電車の駅まで歩いたことを思い出します。今度の諒君の誕生日に、絵を贈りたいなと、ずっと考えていましたが、本当にごめんなさい、私、絵を描くのをやめてしまいました。でも、諒君から頂いた画集、いつも見ています、娘と一緒に。娘の名前は菜々美です。決めるのにすごく時間がかかりました。娘もとても元気です。

こないだ、ペペロンチーノをつくりました。諒君に教えていただいたようにやってみましたが、ちょっと失敗しました。醤油がいけなかったと思います。でも炒飯は好評です。諒君の魔法をかけているから。

ところで、由紀ちゃんから聞いたのですが、もうびっくりです。成本さんと一緒になるなんて。その由紀ちゃんなのですが、私、彼女を叩いたことがあります。それは、彼女と二人で歩いている時、諒君の話をしていました。そうしたら由紀ちゃんが、三輪さんの顔、赤いよなんて言ったからです。

彼女にはチャコを引き取ってもらったから感謝しています。でも成本さん、猫が好きなのかなあ、ちょっと心配です。大事なこと思い出しました。私の金魚、元気ですか。

諒君、無理をせずに、元気でいてくださいね。　追伸　あなたに、子供が出来たら教えてね」

三

私はいつの間にか眠っていたようだ。ゆっくりと目を開けた。テレビがあって、茶色のカーテンがあって、電話機があった。

電話機、電話の声、ゲーム音の中で聞こえていたあの声。

キッチン奥の小窓は白色を帯びていて、朝の気配を漂わせている。私はシャッターを開け、カーテンを引いた。すべてが淡いグレーの靄《もや》の中である。

ある時、陽子が、

「テレビでやってたんだけど、S島ってアートの島なんだってね。面白そうだから今度、行こうよ」

と言い出した。

明るい早春の日曜日、私は初めてS島行きの船に乗った。陽子と二人きりの小旅行、実家に預けた翔太をちょっと心配しながらの。

船は上下に揺れながら、ザブン、ザブンと突き進む。甲板は女の子たちの髪が後ろに靡《なび》いて、向かう先の好奇心を掻き立てる。陽子はハットを押さえて、

「お父さん、大丈夫？」と轟音に抗うように声を上げた。

私は大きく二回、首を縦に振った。

二つの島が見える。海の上に長々と浮かぶ小高い丘、その木々に覆われた陸地はS島、未知の島だ。遠くに建物が立ち並んでいるのは、H島だとすぐに分かる。こんなにもH島がS島と近いとは知らなかった。

黒い集落、S島の集落が現れた。船は減速して、ゆっくりと防波堤を過ぎていく。

西港、高台のお寺がひと際目立つ。帰りはあそこに上がってみよう。
二、三組の若いカップルと釣り人らしき初老の男たちが降りて行った。再び船は動き出す。
東港の集落が近付いてきた。海沿いに四角い大きな建物が数軒、食事処はあの辺りだろうか。

みんなが、着岸を待っている、期待を秘めた眼差しをして。

柔らかな潮の香を嗅ぎながら、私と陽子はＳ島の地を踏んだ。船で一緒だった人たちが散らばっていく。

二人で案内図に目を凝らした。はっきりと絵に描かれている路地に入ったら、その狭さに驚いた、人か自転車しか通れない。板壁の間をくねくねと曲がっていて、まさに迷路である。

私は前に一度来たことのあるような懐かしさを感じていた。

どこからか猫が現れた。「ニャア」と私は声をかけたが、その焦げ茶色の猫は、聞こえないふりをしているのか、振り向きもせずに、悠然と路地を斜めに横切って、塀の下に消えた。

海沿いの遊歩道を歩く。キラキラ光りながら揺れる海面は、人が作り上げた映像のよう。

白い横長の大きな、本土のどこかにあるような建物が望まれる。

学校だ、行ってみよう。

小奇麗な若い男女とすれ違う。昨日は都心の大通りを歩いていたかのような二人。

ズラリと突堤に、何かが並んでいるのが目に入った。

「あれよ、有名なの」と陽子が声を張り上げる。たくさんのカモメが金属の板になって、太陽を浴びていた。

ザザーと波が打ち寄せる。波音はゆっくりとした間隔で繰り返し、私を別世界へいざなう。平屋の小さな駐在所に南の島、さとうきび畑を思い描く。――傍らの門壁に惹《ひ》き寄せられた。

門壁に『S島小学校』と縦の銘板。二階建ての校舎は、清閑《せいかん》な空気に包まれて、ゆったりと佇んでいた。少し先にも門壁があった。『S島中学校』と横の銘板。

「小学校と中学校が同じ建物なんだね」と陽子が言った。

『おひるねハウス』への道標を信じて、曲がりくねった細い路をたどる。海辺で黒い大きな格子が私たちを待っていた。

私は白い光を放つ格子に座る陽子の笑顔を、何枚も撮った。魔法のごとく輝く海を望む陽子の後ろ姿を、何枚も撮った。

黒壁の集落を抜けると、坂の向こうに船が見えてきた。西港のまばゆい船溜まり、小さな漁船が何隻も、人影を排しておもむくままに休んでいる。

舫《もや》われた一隻のべか船があった。水底は一粒の砂まで輝いて、まるで宙に浮かんでいるかのよう。――おとぎの国からの贈り物。

高台に上がった。H島とCT半島が陽光でぼやけて見える。建物の色も丘の色もよく分からない。

「翔太は、泣いてやしないだろうね」

「心配になってきたわ」

乗船時刻が迫った時、日はまだ高かった。

四

平日、午後二時の都心、大量の車が、陽射しを照り返して突っ走っている。ＳＵＶはＨ大通りに入った。

鬱蒼とした樹木が繁る大通り公園。Ｍ百貨店の看板がすぐ向こうに見えた。公園下の地下駐車場のゲートをくぐれば、地上の喧騒はもう届かない。ハンドルを切るたびに、ギューギューとタイヤが鳴った。

展望エレベーターに入る、二人連れの年輩のご婦人とご一緒に。地上、五メートル、十メートル……滑らかに上昇する。公園の青々とした木々のてっぺんが目に入ったら、すぐに八階に着いた。

ベージュ基調のおしゃれなカフェ、窓際に丸テーブルとラタン調の椅子が並んでいた。大小様々な建造物が窓一杯に広がって、陽光を浴びている。私は、ゆっくりと腰を据えた。

大通り沿いに連なる立派なビル、公園の緑の大樹がその下方と道路を隠している。風景から人と車が消えている、何の音も聞こえない。視界の端に、茶色い立方体――ＣＮビル――が望まれた。ビルは老朽化のため、この春に閉館したらしい。近々取り壊されるとテレビで聞いた。

遠くの方にも白や茶色の高い建物がある。静謐な世界の中で光っていて、何かのモニュメントのよう。

スラリとした若い女性がレジの前に立っている。こちらに目を向けると、近づいてきた。息を呑む、キラキラした瞳、ショートの髪、グレーのワンピースに白のレギンス。この女性が私の心の片隅から消えることはなかった。——この女性は夏の海を覚えていた。

差し向かいの美咲に緊張してしまう。正視するのが憚《はばか》られる。彼女が夏の少女と結びつかない。あの声は本当に彼女だったのか。私たちはオーガニックコーヒーを注文した。

私は聞いた。

「ここを選ばれたのは、何か理由があるのですか」

「特にあるわけじゃありません。下の階のレストランでアルバイトをしていたことがあって、ここを知っていたものですから。ご不便だったでしょうか？」

「駐車場も広いし、助かりました」

「よかったです」

微笑む美咲を初めて見た。でもそれは、今の美咲のものなのだ。

「今、学生さんですか」

大学四年生の美咲は、東京の会社の内定をもらっていた。

「東京は、少し不安です。でも好きな仕事ですから」

はっとした。彼女は今も、セミを追い求めている。

コーヒーが運ばれてきた。美咲に思い出話を語る、仕事のこと、飲んだこと、そして海のこと。

「おかげで、小さい頃の私、真っ黒でした」と美咲は笑んだ。

一緒にセイルを巻く澄まし顔の少女が、ちょっと戻ってきた。あの日の帰り際、この女性は、父親の隣に座って、興味深そうに虫かごを眺めていた。

美咲は、母がすぐに再婚したと、新しい父が可愛がってくれたと、私に語った。

「芸術祭には行かれました？」

「父が亡くなる少し前、二人で行きました。万華鏡の展示があったのですが、父はそれに見とれてました。美咲の心の中みたいだって」

父の死、母の再婚、学生時代、東京、めくるめくような転変。そしてこれから恋をする、彼みたいな人と。いや、もうしているに違いない。

「父が事故に遭った日は、雨が降ってました。非常配備の当番じゃないよと言っていたので、私はうれしかった。あの夜、父と母とテレビを見てました。二人はあまり仲が良くなかったのですが、あの時は、みんなで笑ってました」

笑顔が蘇る。私の隣、みんなと一緒に。

「父のことはもう忘れました。でも今も覚えてます。眠りながら、ガレージの音がしたことを。知りたかったんです。父が好きだった人を」

ずっと前から考えていた。人が人を好きになったとき、それはその人の心の中にあって、決してその人以外の者が語ることはできないと。そして、今思う。それを想い起こすのは、その人だけに与えられた特権なのだと。

「お父さんとのお付き合いは、仕事とか遊びのことばかりだったので」

こんな台詞しか、聞くことができない美咲が不憫《ふびん》だった。彼女はいつか私を恨むことになるかもしれない。それでもいい。

美咲は頷いた。口元に笑みを湛えていた。

二人きりのエレベーターが、静かに降りていく。私だけの、もう二度とやって来ることはない祭礼が終わる。ほっとしている、そして寂しさが私を包んでいく。扉が開いた。

美咲は踏み出し、振り返った。胸を衝《つ》かれた。微笑みに覆われた眼差し、希望と不安が入り混じっている。扉が動き出し、美咲はおじぎをする。きっと――

美咲はセミを捕まえる。私はそれを知らなくとも。

扉が閉じた。

むき出しの蛍光灯に照らされた駐車場、私の前を黒いタイトスカートの女性が歩いている。すぐに車の陰に消えた。一台の赤い乗用車が、斜路を下りてきた。若い女性の運転手がただ一人、私の傍らを走り去る。

ラインが届いた。

「陽子：デパ地下で何でもいいから四人分のお惣菜買ってきてね」

あとがき

後悔や疑念を抱いて、人生を歩んでいく。

与えられた時間は短くて、唯一なものでありながら、間違いを犯したり、自身を偽ってしまう、人間とは何と哀れな生き物でしょうか。

プルーストの小説「失われた時を求めて」。このタイトルの響きに、ずっと憧れていて、何か時をテーマにした話を残したいと、退職してから書き始めました。

この話はフィクションですが、職場の情景などは、私の経験を参考にしています。

ただ、組織形態は、現実とは異にしています。係長と課長の間には補佐という役職があって、「管理瑕疵」などは、補佐と係長が処理することが普通でしょう。

しかし、今の若い職員は大変です。なぜなら私たちの負の遺産も引き継いでいるからです。

本の出版にあたり、文芸社、そして編集部の吉澤様に心より感謝申し上げます。

この物語はフィクションです。登場する人物、団体等、すべて架空のものです。

著者プロフィール
塚本 耕平（つかもと こうへい）
1961年愛知県生まれ　2021年3月まで役所勤め

ターミナル・ステーション

2023年２月15日　初版第１刷発行

著　者　塚本 耕平
発行者　瓜谷 綱延
発行所　株式会社文芸社
〒160-0022　東京都新宿区新宿1－10－1
電話　03-5369-3060（代表）
03-5369-2299（販売）

印刷所　株式会社フクイン

ISBN978-4-286-28010-3